妖魔と下僕の契約条件 2

JN009348

椹野道流

角川文庫
22785

目次

妖魔と下僕の契約条件

Characters

足《あ》達《だち》正《まさ》路《みち》

志望の大学に2回落ちて、現在浪人生。
優しいけれど、気弱で内向的な性格。
司野と「契約」を交わし、命を救われる。

辰《たつ》巳《み》司《し》野《の》

人間離れした美貌の青年。
実は長年封印されていた力を持つ妖魔で、
現在は人間のフリをして、骨董店の店主をしている。

忘《ぼう》暁《ぎょう》堂《どう》

司野が店主を務める骨董店。
付喪神が宿るものばかりを集めている。

プロローグ

びょう、と冷たい夜風が吹き抜けた。

まばらに生えた木々の梢《こずえ》が、風に呼応するようにざわめく。

地面を覆うススキの枯れた葉が鳴る音は、まるで嫗《おうな》の繰り言のようだ。

何もない野原を、細い月が頼りなく照らしている。

いや、何もないというのは誤りだ。

乾いた地面にゴロゴロと転がっている大きな石とおぼしきものは、暗がりに目が慣れてみればすべて人間の頭蓋骨《ずがいこつ》。同様に、棒きれだと思ったものは手足の骨である。

痩《や》せた犬が、後生大事にくわえて歩く平べったい骨には、まだズルズルした腐肉が絡みついていた。

そこは京の都の外れ。墓地に葬られることのない庶民の亡骸《なきがら》が打ち棄てられる、葬送の地である。

どこを見ても散らばる白い骨の上に、どこからか風に乗って漂ってきた桜の花びらが、ひとひら、またひとひらと舞い落ちる。

「あな美しや」

歌うような調子の呟《つぶや》きの主は、まだ若い、ひとりの男であった。純白の狩衣《かりぎぬ》を纏《まと》い、頭には烏帽子《えぼし》を頂いている。長い艶《つや》やかな黒髪は、髻《もとどり》を結わず、背中で一つにまとめてゆったりと垂らしたままだ。やや面長の白い顔に、柔らかな筆先で迷いなく描かれたような目鼻立ち。美男子というよりは、「涼しげ」という形容が似合う。

「痩せた月、曝《さ》れ頭《こうべ》、桜花、そしてわたしの衣。いずれも白いが、色味が僅《わず》かに違う。趣深いものだ」

楽しげにそう言いながら、男はたっぷりした差袴《さしこ》を器用にさばき、頭蓋骨を軽やかに避《よ》けて歩いていく。長い袖《そで》からは、拍子でも取るようにリズミカルに動く指先だけが覗《のぞ》いている。

それなりの貴人とおぼしき身なりにもかかわらず、従者のひとりも連れず、灯《あか》りも持たず、深夜にこのような寂しい場所を歩き回るその姿は、いかに本人がのほほんとして楽しげであっても、大いに不気味である。

こんな荒れ果てた場所でも、打ち棄てられた亡骸からわずかばかりの所持品や衣服を剝《は》ぎ取り、小金を稼ぐ者たちが集まってくる。

そうした連中が数人、先刻から男をつけていたが、いつしか彼らの姿も消えてしまった。

どうやら、追い剝ぎを働きたいという誘惑より、あれは人間ではなく妖《あやか》しの類《たぐい》ではあるまいかという恐怖が勝ったらしい。

そんなことにも気付かず、ただ呑気《のんき》に春の夜の散歩を楽しんでいる風情だった男は、ふと荒れ野のただ中で足を止めた。

足元に落ちていた頭蓋骨を両手でそっと拾い上げて胸に抱き、子犬でもあやすようにそのなだらかな頭頂部を撫《な》でながら、男は柔らかく微笑んだ。

「さて、ようやく邪魔者どもが消えた。これで静かに月見ができよう。わたしは満月より、今宵《こよい》のような弱々しく細い月が好きなのだが、お前は如何《いかが》かな、荒れ野の主《ぬし》よ」

骸《むくろ》や野犬の他には誰もいないはずの場所で、男は目前の闇に向かって問いかける。

びょう。

応《こた》えるのは、冷えた風ばかり……と思いきや。

『俺を主と呼ぶか。皮肉ならば微塵《みじん》も響かんぞ。あるいは、俺にへつらいに来たのか、陰陽師《おんみょうじ》。命乞《いのちご》いならもっと上手《うま》くやれ』

奇妙に歪《ゆが》んだ低い声が、夜気を切り裂くように響き渡る。

それと同時に、凄《すさ》まじい風が男を包み込むように渦を巻いて吹き付けた。まるで小さな竜巻のような風に巻き上げられた砂粒が、男の全身に叩《たた》きつけられる。

「おっと」

陰陽師と呼ばれたその男は、それでも軽くよろけただけだった。

すぐに体勢を立て直した彼は、目を開けてなどいられないはずのその風の中で静かに微笑み、ただ片手で烏帽子を押さえて「これはまた、手荒い歓迎だ」と呟いた。

風が止んだとき、むしろ楽しげにさえ見えるその男の前にいたのは、小山のように大きな狗《いぬ》、いや狼だった。

全身を覆う銀色の毛は逆立ち、毛先からは青白い炎が立ち上っている。鋭い爪を持つ四肢は地面をガッチリと踏みしめ、細くて長い鼻面には、不愉快そうな深い皺《しわ》が何本も刻まれていた。

軽く開いた口から覗くのは長い牙《きば》、男に吹き付けられる荒い息は、腐敗した肉と血の臭いがした。

その悪臭にわずかに眉《まゆ》をひそめた男は、しかし少しも怯《おび》える気配を見せず、烏帽子から離した手で、衣の埃《ほこり》を静かに払った。

「捨てるものも惜しむものもなき身の上だ。命乞いなどと面倒なことはせぬよ。お前がこの地の主であるのは、まことのことだ。お前はここで、おそらく死人たちの澱《よど》んだ魂、消えぬ未練や恨みの念から生まれた妖しなのだろう」

男は、片手で抱いたままの頭蓋骨をチラと見下ろし、それから、周囲を見回して再び口を開いた。

「お前は他の妖しを喰《く》らい、この地に出入りする者たちを襲って喰らい、さらにはここを出て都の外れに住む人々を襲って喰らい……そして、今のその強き力を手に入れた」

『それがどうした』

「近頃のお前は、結界のほころびを見つけて都に忍び込み、狼藉《ろうぜき》を働いておろう。今や、洛中《らくちゅう》すら脅かす存在だ。陰陽寮はもっと早く、お前を討つべきであった。お前の力を侮り、手を拱《こまね》いている間に、かようなことになってしもうた。嘆かわしいことだ」

男の言葉に、狼の妖しは、ぐるる、と喉《のど》を鳴らした。それは親愛の情ではなく、明らかな侮蔑《ぶべつ》を帯びた声だった。

『おい。俺は貴様の繰り言を聞くためにここにいるわけではないぞ、陰陽師。何用だ。貴様もこれまでの連中のように、俺を討ちに来たのではないのか？　もっとも皆、無様に俺に喰われたことを、貴様は知っていようがな』

言い終わるが早いか、妖しは男のほうに踏み出し、男の鼻先で一声吠《ほ》えてみせた。

だが、ビリビリと夜気が震えるようなその声にも、男は少しも恐れる様子を見せなかった。

「知っているとも。ゆえにわたしは、お前と戦いに来たのではないよ」

すう、と獣の赤い目が細められる。

『では何をしに来た、陰陽師』

問われて、男は目前の獣から夜空に視線を転じた。

「美しい夜ゆえ、そぞろ歩きを楽しみに。そして、もしお前に行き会《お》うたら、お前を諭してみようかと」

『……何？　貴様、人間の分際で、俺を諭す、だと？』

男は、柳葉のような形の目を再び妖しに戻し、小さく頷《うなず》いた。

「そうとも。お前は人語を解する者。ならば、かように言葉を交わし、諭すこともできよう」

『ハッ。愚かなことを。俺が人語を解するのは、俺が亡者どもの魂より生まれ出《い》でたせいだ。人間と語り合う趣味はない』

「だが、人間を観察する趣味はあるようではないか。お前、先刻よりずっとわたしを見ていたであろう。視線で肌がヒリヒリしたぞ」

笑みを含んだ男の声に、妖しはやはり嘲《あざけ》るような調子で答える。

『あまりに呑気面を下げてうろつき回っておるゆえ、ついに陰陽寮の手練《てだ》れは悉《ことごと》く俺に喰い尽くされ、貴様のような阿呆《あほう》しか残っておらんのかと思うてな。呆《あき》れて見ておった』

阿呆と呼ばれても、男は腹を立てる風もなく、どこまでものんびりと応じる。

「いかにも、わたしは陰陽寮では冴《さ》えない男と言われておるよ。実際そうなのであろう。して、この阿呆の前にみずから現れ出でたお前は、如何するつもりなのだ？」

『答えるまでもなかろう。いかに無能であっても、陰陽師に違いはない。喰らえば、ただの人間より強い呪力《じゅりょく》を手に入れることができる』

男の真ん前で、獣はゆっくりと舌なめずりした。長く青黒い舌先が、今にも男の鼻を擦《かす》りそうな距離だ。

「強い呪力を手に入れ、更なる結界に守られた洛中にまで押し入るつもりか。なにゆえ、お前は都に仇為《あだな》すことを欲する？」

頭蓋骨《ずがいこつ》を抱いたまま、あくまでも冷静に問いかける男に、妖しはさも当然といった口調で即答した。

『人間の血肉は旨《うま》い。喰らえばこの身に力が漲《みなぎ》る。痩《や》せ細ったここいらの人間より、俺を討ちに来た陰陽師どもは旨かった。都に住む人間は、皆、まるまると肥えておる。洛中であれば、なおさらだろう。それに、洛中には長い髪の美しい女どもがたくさんいるとも聞いた。たおやかな女の肉は、男のそれよりなお柔らかく旨かろう。悲鳴も耳をつんざくように甲高いだろう。引き裂いて食うだけではなく、泣き叫ぶ女を犯しながら喰らうのもまた一興よ』

得々と語られるおぞましい欲望に、初めて男の眉が曇った。だがその瞳《ひとみ》には、嫌悪ではなく哀れみの光が宿っている。

「それを聞いてしもうては、お前に喰われるわけにはゆかぬな。さような力を、みすみすお前に与えることはできぬ」

『だが、貴様は俺に喰われるしかない。抗《あらが》ってもいいが、俺には勝てんぞ』

「そうであろうな。お前と戦って勝てるとは、はなから思うておらぬよ」

『ならばどうする、愚かな陰陽師よ。お前がいかに嫌がろうとも、俺は今からお前を喰らうぞ!』

妖しは力を誇示するように、大きな口を開け、一声吠えた。前脚を伸ばし、尻《しり》を上げ、男に飛びかかるためにグッと全身に力を貯めているのがわかる。獣の身体から放たれる青白い炎が、大きく夜空に立ち上った。

吐き気を催すような腐臭が、熱気と共に男の全身を包み込む。

それでも男はただ悲しい顔をして、胸に抱いた頭蓋骨の前頭部を、自分の額に押し当てた。

「戦って勝てはせぬ。ゆえにわたしは……」

『覚悟しろ、陰陽師！』

「わたしは、策で勝つのだ！」

凛《りん》とした男の声が迸《ほとばし》り、純白の袖《そで》が翻る。

男が無情にも放り投げた頭蓋骨は、大きな弧を描き、妖《あやか》しの頭上でピタリと止まった。だが、そのまま夜空にぷかりと浮かんでいるだけで、何も起こりはしない。

妖しは、男のあまりにもお粗末な抵抗を嘲笑《あざわら》い、弓のように全身をしならせて、ついに男に襲いかかる。

一秒と経たぬうちに、男の頭は胴体から食いちぎられるはずだった。

しかし。

獣の太い後ろ脚は、地面に縫い付けられたように動けない。

『何だと⁉』

首をねじ曲げ、自分の後ろ脚を見た妖しは、驚きの声を上げた。

さっき、男が放り投げた頭蓋骨は、今も妖しの頭上に浮かび、ゆっくりと回転している。その頭蓋骨が仲間を呼び集めているかのように、いつの間にか、周囲から無数の頭蓋骨が獣に殺到しつつあった。

カタカタと顎《あご》を動かし、わずかに残った歯を鳴らしながら、頭蓋骨は既にびっしりと獣の後ろ脚を覆い尽くしている。

関節を曲げることすらできず、今や、獣の後ろ脚は、ただの太い柱と化していた。

『これは……貴様ッ！』

「策で勝つと言ったであろう。お前が己の力を過信し、わたしを小馬鹿にして眺めているあいだ、わたしはこの鳥辺野《とりべの》を歩き回り、見渡す限りの曝《さ》れ頭《こうべ》に呪《しゅ》をかけて回っていたのだよ」

そう言いながら、男は長い袖の下で両手の指を複雑に絡み合わせ、いくつかの印を結ぶ。

「集え、曝れ頭たちよ。この哀れな獣を縛せ」

フナムシの大群が死骸《しがい》に群がるように、男の命《めい》に応じて頭蓋骨は次々と集い、他の頭蓋骨と連なり、噛《か》み合い、重なり合い、みるみるうちに獣の巨体を覆い尽くしていく。

ひとつひとつの頭蓋骨は軽くとも、数の力は侮れない。起き上がろうと必死の奮闘も虚《むな》しく、頭蓋骨の山に押し潰《つぶ》され、ついにどうと地面に倒れ込んだ。

『おのれ……！　こざかしい真似を』

地面に這《は》いつくばる状態で動けなくなった獣は、目の前に立つ男の顔を憎々しげに見上げる。

男はふわりと笑い、腕の中に戻ってきたくだんの頭蓋骨をひと撫《な》でしてから、丁寧に頭蓋骨の山に仲間入りさせた。

「これが、脆弱《ぜいじゃく》な人間が策で勝つということだ。お前が持ちあわせぬ、知恵の力を思い知ったかね」

獣はなおも身をもがかせたが、頭蓋骨の山はびくとも動かない。

『よかろう。くだらん奸計《かんけい》でも勝ちは勝ちだ。貴様は確かに俺に勝った。この首を切り落とし、己が手柄を誇るがいい』

燃える息を吐き、悔しげに唸《うな》りながらも、妖しは傲然《ごうぜん》と言い放つ。

だが、男はにこりと笑うと、「さようなことはせぬよ」と言った。

妖しの紅蓮《ぐれん》に燃える目に、初めて戸惑いの色がよぎる。

『何だと？　貴様、この俺をどうするつもりだ』

「ふふ。それは一言ではとても言えぬ。されど、わたしはお前を諭すことを諦《あきら》めてはおらぬのだ。そのために……そうさな。まずは、お前をわたしのものにしよう」

ヒッ、と妖しの喉《のど》が鳴る。それは、彼が闇より生まれ出《いで》て初めて感じた恐れだった。これまでは他人の恐怖を妙なる美味として貪《むさぼ》っていた妖しが、初めて己が恐怖に慄《おのの》いたのである。

『貴様、いったい』

男はほんの数秒考えてから、動けない妖しの眉間《みけん》にそっと右の人差し指を当てた。

「お前は、今まで、この荒れ野を統べる者であった。ゆえに、お前には『司野《しの》』という名を授ける。我ながら、よき名を思いついた。お前によう似合《にお》うておる」

『きさ……貴様、もしやこの俺を、名で縛る気か！』

「そうとも。わたしはたった今、お前の主《あるじ》になったのだ。僕《しもべ》を呼ぶには、名が必要であろう」

『僕、だと？　貴様、この俺を、使い魔にするというのか』

男はやわらかく微笑んで頷《うなず》いた。

「飲み込みがよい。お前は本当は賢い子だね。司野。それが、お前のための名だ。この名をもってお前を縛《いまし》め、この名をもって、お前を慈しもう」

　ギリギリと、妖しは歯を食いしばる。黒々した口の縁から、青黒い体液のようなものが滴った。地面に落ちた瞬間、ジュッと奇妙な音がして、髪が焦げたような嫌な臭いが立ち上る。

『慈しみなど……要らぬ！　殺せ！　さもなくば、俺が貴様を殺す！』

咆哮《ほうこう》に似た妖しの怒声にも、男は少しも動じない。

「慈しみは、よきものだよ。お前もいずれ知ることになろう。されどまずは、お前に辛抱を教えねばならぬ。わたしも、僕に寝首を掻《か》かれる趣味はないのでな」

『な……何を、する気だ、この俺に』

男は、妖しの眉間に置いたままの指先に、軽く力を込めた。ただそれだけのことに、屈強であるはずの巨大な狼が、情けない苦悶《くもん》の声を上げる。

「まずはこれより、お前の力を大いに削《そ》ごう。その上で、わたしの僕にふさわしき『器』を調え、そこにお前の魂を封じ込める。なに、最初はいささか窮屈かもしれぬが、すぐ慣れるとも。腕によりをかけて、よき『器』を用意してやろう。さように不安がらずともよい」

世間話の如き穏やかさで男が話すうちにも、彼の指先から金色の光が放たれ始める。その清浄な光はみるみるうちに強さを増し、妖しの放つ銀色の光と抗い、混じり合い、やがて圧倒的な眩《まばゆ》さで、自らと妖しの全身を包み込んだ。

傲然としていた妖しの顔が、恐怖と不安に歪《ゆが》んだ。その口からは、上擦った声が上がる。

『よせ、やめろ！　俺を殺せ！　お前の僕など、真っ平御免だ！　今すぐ殺してく……

……た、すけ』

「死は、今のお前には救済でしかあるまい。思い上がってはならぬぞ。お前ひとりの命では、お前が奪った多くの命を贖《あがな》うことなど、到底かなわぬ。お前は生きて、生き続けて、善き行いを限りなく積み重ねることで、罪を償うのだ。これからは、それがお前の生き方だよ」

『善行などいやだ……ッ！　罪など償うものか！』

痛々しさすら覚えるほどの妖しの悲鳴に応《こた》えるものは、遠くから聞こえる野犬の遠《とお》吠《ぼ》えだけだった……。

一章　適切な出会い、不適切な出会い

リーン、ゴーン……。

どことなく間が抜けたチャイムが、教室に響き渡る。

「あー、時間か。ではまた来週。質問があれば、週末までにメールで送るように」

講師はそんな言葉で話を締め括《くく》り、挨拶《あいさつ》もせずにそそくさと去っていった。

教室を半分ほど埋めた生徒たちもまた、荷物をまとめ、ガタガタと席を立つ。

そんな生徒のひとり、足達正路《あだちまさみち》は、ホワイトボードを埋め尽くす板書をルーズリーフにようやくすべて書き写し、ガランとした教室を眺めて溜《た》め息をついた。

（みんな、書くのが速いな。また、僕が最後のひとりだ）

彼が二度目の大学受験に失敗してから、二ヶ月が経った。

世間は五月。ゴールデンウイークが明けてしまい、誰にでも、何となく気怠い雰囲気が漂う時期である。

正路がいるのは、自宅の最寄り駅近くにある、かなり有名な大学受験予備校だ。

この春に入学し、学力テストを経て、学校全体ではいちばん難易度が低いコースとされている「標準大学クラス」に振り分けられた。

いわゆる一流大学を目指しているわけではないので、正路にとっては適切な「身の丈」である。しかも今日のように、浪人生だけを対象にした特別補講も組んでくれるので、浪人生活二年目にして初めて予備校に通い始めた正路には、ありがたい限りだ。

担当教諭との個人面談で、進路変更や学習目標の見直しが毎月行われる。参考書や問題集をふんだんに揃えた広い自習室まであって、サポートは実に手厚い。

「さてと、帰ろう。あっ」

ペンケースにしまおうとしたボールペンを指先で弾《はじ》いてしまい、机から落ちかけたそれを、正路は危ういところでキャッチした。

「ふう、危ない。まだ完全には慣れてないな」

今度こそボールペンをペンケースに入れ、ショルダーバッグにしまい込んでから、正路は自分の右手をつくづくと見た。

今、彼が見ている手指が、二ヶ月前までは微妙に違う形をしていたと言っても、誰も真に受けてはくれないだろう。

それどころか、この二ヶ月のうちに彼の身に起こった様々なことのどれひとつとして、他人に語って信じてもらえる気がしない。むしろ、「二度の大学受験失敗で、精神に深刻なダメージを受けた」と誤解される恐れすらある。

だから正路は、そのことについて誰にも打ち明けたことがない。

というか、打ち明け話をする相手が、彼にはいない。

どんな場所にいても、内気な性格と存在感の薄さから誰にも気に留めてもらえず、「空気」のような存在になってしまう。幼稚園時代から今日に至るまで、正路には親しい友人がひとりもできなかった。

予備校でも、クラスメートと目が合えば挨拶をし、勉強についてのちょっとした話をしたりはするが、話はきまってそこで終わってしまう。

だが、今の正路は、それを寂しく思ってはいない。

何しろ、彼には勉強以外にもやることがあり、同居人がいるからだ。

（同居人……いや、人じゃないけどね）

自分の思考に脳内でツッコミをいれつつ、正路はバッグを肩に掛け、立ち上がった。

予備校を出ると、早くも初夏を思わせる陽射しが降り注ぐ。まだ午後三時半なので、あたりは明るく、長袖《ながそで》のシャツだと少し暑く感じられるほどだ。

駅前を行き交う人の中には、Tシャツ姿の人がチラホラ見受けられる。

正路は、ワークシャツの袖を肘《ひじ》のあたりまでまくり上げると、帰途に就いた。

途中、すっかり馴染《なじ》みになった和菓子屋で生菓子を購入し、向かった先は、昔ながらの閑静な住宅街だ。

立派な塀に囲まれたクラシックなお屋敷から真新しい低層マンションまで、新旧取り混ぜて様々な住宅が並ぶ街には、落ちつきと活気が共存し、いいバランスが保たれている。

そんな街の一角にある二階建ての一軒家が、今の正路の住居である。

そこだけが昭和の時代で時を止めたような、瓦葺《かわらぶ》きの小さな家だ。

とはいえ、その家がただの住宅でないことはすぐに知れる。

木製の玄関扉の脇にごく控えめな出窓が設《しつら》えられ、道に向かって軽く張りだした台の上には、いつも何かしらの品物が飾られているからだ。

今は、先週から「八つ橋に菖蒲《あやめ》」柄の絵皿が置かれ、道行く人に奥ゆかしくアピールしている。

扉の脇には「忘暁堂《ぼうぎょうどう》」と店名が彫りこまれた木製の表札が懸けられ、年を経るうちに生じた木肌の割れさえ、ちょっとした味わいになっている。

（何度見ても、風流な店名だよなあ。先代の店主さんが、「店を訪れた人と、夜が深くなるのも忘れて、友達みたいに語り合いたい」って願いを込めて名付けたんだったよね。話し好き、本当に骨董《こっとう》好きな人だったんだろうな）

しみじみとそう思いながら、正路は重い扉を開けた。

扉の上部に取り付けられた南部《なんぶ》鉄器の火箸《ひばし》が、チリンチリンと澄んだ音を響かせる。

「ただいま帰りました」

そんなすっかり決まり文句になった挨拶を口にして、正路は家の中に踏み込んだ。

昼なお薄暗い一階の大半は煉瓦《れんが》敷きの土間で、売り物である骨董品や古道具の陳列スペースになっている。

陳列といえば聞こえはいいが、実情は骨董品から古道具まで新旧大小取り混ぜ、ありとあらゆる品物が雑然と天井近くまで積み上げられた、迫力満点の空間となっている。

そもそも中の様子が窺《うかが》いにくくて入りにくい店なのに、勇気を出して入ってきた人々の数割がすぐに踵《きびす》を返して出ていってしまうのは、この異様かつ、どことなく恐ろしい光景のせいに違いない。

一応、中央に人ひとりがどうにか通れるだけの通路が確保されてはいるのだが、両側の品物が崩れたり倒れたりしたらどうしようと不安にならない人はいないだろう。

もうすっかり慣れてしまった正路でさえ、通路を通るたび、未《いま》だに海を割ったというモーゼの心持ちを味わうほどだ。

正路がこの家の住人になったとき、ここにあるアイテムたちはみなしっかりと埃《ほこり》を被《かぶ》っており、ハウスダストアレルギー持ちの彼はいちいち咳《せ》き込み、鼻水を垂らす羽目になっていたのだが、二ヶ月かけて大部分を掃除し、今は幸い、ほとんど症状が出なくなった。

（今日は、お客さんがいないな）

もう一度「ただいま」を繰り返し、正路は通路の先へと足を進める。

この家の一階の造りはいささか風変わりで、店の奥は小上がりになっていて、上品な竹製の簾《すだれ》で土間と区切られている。

まるで結界のように、簾と段差が店舗と生活スペースを分けているわけだ。

その小上がりを背にして設えられた机に向かい、クラシックな木製の椅子に座って何やら作業中の人物がいる。

それこそ、この店の今の主人にして、正路の命の恩人、予備校の学費ばかりでなく、衣食住の面倒をすべて見てくれている人、そして何より正路の「ご主人様」である、辰巳《たつみ》司野だ。

いや、ひとつだけ誤りを正すなら、そもそも彼は「人」ではないのだが。

今は座っているが、たとえ上半身しか見えなくても、司野のスタイルの良さは疑いようがない。シンプルなタートルネックシャツ越しに、均整の取れた筋肉の張りが見てとれる。

そして、机上のものに視線を向けているせいで伏し目がちなその顔を見て、息を呑《の》まない者はいないだろう。

たるみとは無縁のシャープな輪郭、ほくろひとつない雪のように白い肌、高い鼻筋、キュッと引き結ばれた薄い唇、やや皮肉っぽい曲線を描く眉《まゆ》、そして何より、日本刀を思わせる冴《さ》え冴《ざ》えした切れ長の双眸《そうぼう》。

整った顔を縁取る栗色の髪には軽いウェーブがかかっていて、それがさらに彼を彫像めいた雰囲気にさせている。

そこにあるのは、完璧《かんぺき》な美だ。たとえ指先ひとつをとっても、プロのハンドモデルに劣らないほど形がいい。

年齢こそ二十代後半、多く見積もっても三十代前半くらいにしか見えないが、彼がまとう雰囲気には、不思議なほど老成し、落ちついたものが感じられる。

正路は三回目の「ただいま」を言って、机越しに司野の前に立った。

品物に阻まれて見えなかったが、真正面に立つと、司野が机の上で大判の図録を開いているのがわかる。

店内はうずたかく積まれた品々のせいで常に夕暮れ時のような暗さだが、机の上のスタンドライトは消されたままだ。

正路が何度も繰り返した帰宅の挨拶《あいさつ》に、司野はいっさい返事をしない。それどころか真ん前に正路が立っても、顔を上げようともしない。

しかし、正路はそれをいっこうに気にしなかった。

（妖魔《ようま》には挨拶の習慣がないんだもん、しょうがないよね）

そう考えて、今も残る居心地の悪さとちょっとした寂しさを心の奥に押し込める。

そう、司野の正体は、齢《よわい》千を超える「妖魔」なのである。

みずから語ったところによると、司野は平安《へいあん》の昔、人間を襲って喰《く》らう恐ろしい妖魔だったそうだ。

そんな彼を知略によって捕縛した陰陽師《おんみょうじ》の辰巳辰冬《ときふゆ》が、彼に「司野」という名を与え、自分の式、つまり下僕にした。いったいどんな技術を使ったものか、辰冬は司野の力を削《そ》ぎ、人間の「器」を作ってそこに司野の魂を封じ込めたのだという。

今、正路の目の前にいる司野の肉体は、千年以上前に辰冬が作った「器」そのものなのだ。さすがに体温はないが、あまりに美しすぎるということ以外、不自然な点はない。まさに、神業である。

司野が恐ろしく簡潔に語ったせいで、詳しい経緯はわからないが、その辰冬は、みずからが死期を迎えたそのとき、司野を壺《つぼ》の中に閉じこめ、地中に封じてしまった。司野は孤独と衰弱に苦しみながらも千年余りの時をかろうじて生き延び、そして工事現場で壺が破壊されたおかげで、再び自由を手にした。

とはいえ、辰冬の「呪《しゅ》」はまだ健在で、彼は主《あるじ》が与えた「器」の姿のまま、「生きた人間を襲って喰らってはならない」という掟《おきて》に縛られて生きている。

（その掟こそが、僕と司野を引き合わせてくれたんだよね）

今は、偶然出会った先代店主夫婦からこの店を引き継ぎ、見てくれだけは若き主として彼なりに奮闘している司野の形のいいつむじを見ながら、正路は再び声を掛けた。

「今日は、浪人生対象の補講クラスがあったよ。独学じゃわからなくて困ってたところが、先生に教わったらスルッと理解できて、ビックリしちゃった。凄《すご》いね、予備校って」

特に反応は期待していない報告だったのだが、司野はそこでようやく図録から顔を上げ、正路の顔を見た。

酷《ひど》く不機嫌そうな表情だが、怒っているわけではない。それが彼のデフォルトの顔つきなのである。

「感心するのはいいが、『わかりやすい』ものには注意しろ」

「えっ？」

キョトンとする正路をよそに、司野は立ち上がり、軽々と段差を越えて座敷に上がる。正路も、買ってきた和菓子の包みを傾けないよう、机の脇にあるささやかな階段を上って後に続いた。

簾の向こうの座敷は、茶の間になっている。低い水屋を挟んで台所があり、奥には司野の居室がある。

　司野はちゃぶ台に向かい、分厚い座布団の上にどっかと胡座《あぐら》をかいた。

　同居も二ヶ月経てば、言葉はなくても、それが「お茶が飲みたい」という意思表示であることが正路にはわかるようになった。

「あっ、おやつには少し遅いけど、いつもの和菓子屋さんで美味《おい》しそうな生菓子を買ってきたんだ。お茶を煎《い》れるね。生菓子には、煎茶《せんちゃ》がいいかな」

　うう、とかろうじて聞こえる程度に小さな唸《うな》り声が返ってきて、正路は微笑んだ。

　どうでもいいと思ったことには、途端に口数が少なくなる、というかもはや言葉で返事をしなくなる司野の癖に、出会った頃はいちいちビクついていたが、もうすっかり慣れた。

（あの唸り方だと、たぶん「それでいい」だな）

　ずっしり重い鉄瓶に水を入れて火にかけ、茶器を用意し、紙箱から生菓子を崩さないように注意して小さな銘々皿に移す。

　食事の支度は司野が頑として譲らないので、正路が台所を使うのは、こうしてお茶を煎れたり、洗い物をするときだけなのだが、それでもずいぶん手際がよくなった。ものの十分ほどでお茶の支度を調え、彼はトレイをちゃぶ台に運んだ。

「はい、お茶をどうぞ。生菓子は、どっちにする？　練り切りときんとん、一つずつ選んでみたんだけど」

　司野の向かいの座布団に腰を下ろした正路は、ちゃぶ台の中央に二枚の皿を並べた。

「きんとんのほうは、『つつじ』だって。確かに、緑のモコモコの中にピンクのきんとんがちょんちょんと置かれてると、生け垣のつつじみたいだよね。よくできてるなって感心しちゃった。あと、練り切りのほうは『落とし文』だって。あんこを緑色の葉っぱの形にした練り切りで包んであって……これが落とし文、かな？　玉だけど」

　正路が指さした青葉の形の練り切りの上には、ごく小さな、白い練り切りで作った球体がそっと置かれている。

　司野はそれを見るなり、素っ気なく言った。

「オトシブミというのは、虫の名だ」

「そうなの？」

　驚く正路に、司野は常識を語る口調で続けた。

「オトシブミは、柔らかな若葉を選んで筒状に巻き、そこに卵を産む。その球は、虫の卵を表しているんだ」

「へ、へえ……昆虫の、卵かあ」

「ゆえに『落とし文』は、虫が卵を産む初夏の季語とされている。もっとも、虫の名の由来になった『落とし文』というのは本来、人目を憚《はばか》る手紙、特に恋文を、相手のすぐ傍に落として拾わせる……その文自体のことだがな」

正路は感心してポンと手を打った。

「なるほど！　虫がマキマキした葉が、丸めたお手紙みたいに見えるんだね。そっか。司野は何でもよく知ってるなあ」

「お前がものを知らなすぎるんだ」

呆《あき》れた様子でそう言い、司野は二種類の和菓子をチラと見た。

「菓子屋の趣味がいいのか、お前の選び方がよかったのかは知らんが、どちらも悪くない。お前が好きなほうを選べ」

「いいの？　じゃあ……昆虫の卵よりは、つつじのほうがいいかな。僕はこっちをいただきます」

正直に打ち明けて、正路は躊躇《ためら》いなくきんとんの皿を取った。

こういうとき、「ご主人様がお先にどうぞ」などと、人間界では当たり前の遠慮をすると、変なところで短気な司野は、酷く苛《いら》つくのだ。

「変な奴だな。虫の卵は旨《うま》いぞ。何しろ命の源だからな。小さいながらに喰らう者に力を与えてくれる」

司野は平然とそう言って、練り切りの皿を自分の前に置いた。

（そう言うってことは、フリーの妖魔時代は、司野、虫の卵を食べてたんだな。こういうとき、司野が妖魔だって実感するなあ）

崩すのが勿体《もったい》ないほど美しい菓子を、端っこから黒文字で小さく切って口に運びつつ、正路は、ワイルドに練り切りを手づかみでガブリと齧《かじ》る司野を見た。

そんな無作法なはずの仕草さえ下品に見えないのは、姿形の美しさのせいだろうか。

（そういえば、僕の右脚を齧ってたときも、妙に優雅だったな）

ろくでもない出会いのきっかけを思い出し、正路はたちまち食欲を失って黒文字を皿に戻した。

二ヶ月前、正路は轢《ひ》き逃げ事故に遭った。

全身を強打し、右脚は無惨にちぎれ、まさに死を待つしかなかったそのとき、「血の匂いに誘われて」姿を現したのが、司野だったのである。

亡き主、辰巳辰冬から「生きた人間を襲って喰らう」ことを禁じられている司野だが、生きた人間の身体からちぎれ飛んだ脚を喰らうことは、禁忌に触れなかったらしい。

瀕死《ひんし》の状態の正路をよそに、実に旨そうに彼の血を啜《すす》り、ひとしきり肉を貪《むさぼ》った司野は、正路の血肉の味が気に入った旨を、実に語彙《ごい》豊かに告げた。

そして、「生きたければ俺の下僕になれ」と、血に汚れた顔で正路に迫ったのである。

ほぼなし崩しに主人と下僕としての契約を果たした後、正路は力尽きて意識を失い、気付いたときには、ボロボロの身体は司野曰《いわ》く「おおむね」繕われ、この店の二階、今、正路が自室として使っている部屋のベッドに寝かされていたというわけだ。

その日から、正路は司野の下僕となり、彼の望みのままに細々した「仕事」をこなしながら、大学受験のための勉強も続けさせてもらっている。

「あ、そうだ。さっきの話。わかりやすいものには注意しろ、だっけ。あれって、どういう意味？　わかりやすいのは素晴らしいことじゃない？」

ふと思い出して問いかけた正路に、司野は練り切りを平らげ、熱い煎茶を吹き冷ましもせずグビリと飲んでから答えた。

「阿《あ》呆《ほう》。他人にわかりやすく何かを説明するためには、情報の取捨選択が不可欠だ。平易に語るためには、情報を少なく、表現を単純にする必要がある」

なんだかためになる話が聞けそうで、正路は半ば無意識に、胡座を正座に直す。

「それは、確かにそうかも。でも、必要な情報をプロが選んでくれるってことだから、やっぱりありがたいんじゃないの？」

「お前は度し難い阿呆だな。いや、度し難いお人好《ひとよ》しというべきか」

言葉以上に呆れ顔をした司野は、ツケツケと言った。

「情報の取捨選択には、必ずその人間の主義主張が反映される。本来は必要であるはずの真実が、そ奴の判断で削られ、相手に伝えられない可能性も高い。同様に、理解への道筋も、歪《ゆが》められたものである可能性がある」

「あっ、そういうこと！」

「それ以外に何がある。わかりやすさは、騙《だま》しの手段に過ぎない可能性もあるということだ。必ず、あとで信頼できる書物をいくつかあたれ。そして理解に裏付けをしろ……というのが、辰冬の決まり文句だった。今のお前には必要な言葉だろう」

　司野は不愉快そうに顔を歪めて言い捨てた。

　亡き主《あるじ》の名を口にするとき、司野はいつもそんな顔をする。そのくせ、思い出話をするときの声には、おそらく無意識の懐かしさや温《ぬく》もりのようなものが滲《にじ》むことに、正路はかなり早い段階から気付いていた。

（そりゃ、千年も壺《つぼ》に閉じこめられたら、ご主人様を嫌いになるだろうな。それでも司野の中には、辰冬さんを好きな気持ちも残ってる気がする）

　そう思っても、声に出せば叱責《しっせき》されるに決まっている。賢明にも口を噤《つぐ》み、正路はこっくりと頷《うなず》いた。

「俺は書を読むなど真っ平だと言い張ったが、辰冬は主の立場を笠《かさ》に着て、俺に読み書きを教え込んだ。当時は迷惑千万だったものの、今となっては役に立つ。とはいえ、感謝などせんがな」

口角をぐっと下げて忌々《いまいま》しそうに話を締め括《くく》った司野は、正路の食べかけのきんとんに目を留めた。

「なんだ、食わんのか」

「司野の話で、何だか満たされちゃった」

「ならば、俺が食う」

そう言い終わる前に、正路の皿からきんとんが消え、司野の口の中に消えていく。

整った輪郭を乱してもぐもぐときんとんを頬張る主の姿に、正路の顔にも自然と笑みが戻ってくる。

「あ、お店の人が、よく買ってくれるからって、焼き菓子をおまけしてくれたんだ。卵せんべいだって。凄《すご》く美味《おい》しそうだった。お茶請けを入れてる大きな缶にしまっておくから、好きなときに食べて。あ、お茶のお代わりを煎《い》れてくるね」

司野が「要らん」と言わなかったので、正路は急須《きゅうす》を手に立ち上がろうとした。

だがそのとき、店の扉に取り付けた南部鉄器の火箸《ひばし》が、涼やかな音で客の訪れを告げる。それと同時に、「暗ッ」という女性の甲高い声が聞こえた。

「あっ、いらっしゃいませ！」

司野が動こうとしないので、正路は慌てて声を上げ、簾《すだれ》を潜って土間に飛び降りた。

階段のところへ行って靴を履く余裕もなく、靴下のままで店内の灯《あか》りを点《つ》ける。

古い白熱灯の照明たったひとつでは、店全体を明るく照らすことは不可能だが、ないよりはずっとマシだ。

「失礼しました。いらっしゃいま……」

改めて歓迎の挨拶《あいさつ》をしようとした正路の声は、尻切《しりき》れトンボになってしまう。

それもそのはず、まさにどん引きを絵に描いたような表情で入り口に立ち尽くしていたのは、ブレザータイプの制服を着た、明らかに十代、おそらく高校生の女子だったのである。

既製品の裾《すそ》をカットしたものか、チェック柄のプリーツスカートは太股《ふともも》の真ん中くらいまでしかなく、すらりとした生脚を誇らしげに露出させている。

肩下まであるストレートヘアは、毛先だけくるんと巻いてあり、薄暗い中でも艶《つや》やかだ。かなり手を掛けてセットしているのだろう。

ファンデーションまではつけていないようだが、眉《まゆ》はスッキリと整えられ、ふっくらした唇は、おそらく色つきリップのおかげで血色のいい珊瑚《さんご》色だ。

想像もしなかったであろう店内の景色に気圧《けお》されつつ、それでも好奇心いっぱいにキョロキョロしていた少女は、姿を現した正路を胡乱《うろん》げに見た。

「……えっと、ここ」

「は、はい」

居酒屋のバイトをしていたときですら、接客が下手だと頻繁にクレームを喰《く》らっていた正路である。まして、自分が高校生だった頃、ろくに目も合わせられなかった女子を相手にどう接すればいいのかわからず、ぎこちなく立ち尽くすばかりだ。

むしろ少女のほうが、いったん店に入ってしまったのだから仕方がないと腹を括ったのか、ツカツカと通路を歩き、正路の前までやってきてしまった。

「ここって、古いもの売ってるのよね？　窓の外のお皿とか、古っぽい店の名前を見てそう思ったんだけど、違う？」

どうやら正路のことを、同年代だと判断したらしい。少女はタメ口で問いかけてきた。

童顔を自覚しているので、この手の扱いには慣れている。正路は少しも気を悪くせず、ただひたすら緊張して、直立不動で答えた。

「そ、そうです！　骨董《こっとう》品と、古道具を……こんな風に、いろいろ扱っています」

むしろ正路のほうが敬語である。

「マジいろいろ、だよねえ」

戸惑いと呆《あき》れが相半ばする表情でそう言い、少女は自分の身長よりうずたかく積まれた品物を見上げて正路に訊《たず》ねた。

「浴衣《ゆかた》とかない？　百歩譲って、古い着物でもいいんだけど。浴衣っぽくリメイクするから」

「浴衣……か、和服、ですか？」

「うん。着物はさ、いいものでも古着になると凄く安いって、被服実習のときに先生が言ってたから。夏までに彼氏作って、今年こそ花火デートに行きたいんだよね。だから、今から素敵な浴衣を見つけときたいなって思って」

「彼氏を作る前に、浴衣を先に？」

「悪い？」

ジロリと睨《にら》まれ、正路は慌てて首と両手を同時に振った。まるで、ゼンマイ仕掛けの人形のようなぎこちない動作である。

「い、いいえ、全然！」

「駅前のリサイクルショップとか覗《のぞ》いてみたんだけど、なーんか趣味悪くて。こういう古いもの売ってる店なら、昔のもっと渋い浴衣とか着物とか売ってんじゃないかなって思ったの」

「なる、ほど」

相づちを打ちつつ、正路は困惑気味に視線を彷徨《さまよ》わせた。

少女の相手をすることには少しずつ慣れてきていたが、店内にある膨大な器物の中に、和服の類《たぐい》を見た記憶がなかったのである。

（ちょっと前に、手編みのセーターとかはあったけど、あれはレアケースだったしな。司野、あんまり衣類は仕入れてこないような気がする）

「ね、着物、ある？　こう……銘仙《めいせん》っていうの？　めちゃくちゃサイケな色合いの、かっこいい柄の奴がほしいんだけどな。それか、サナトリウムっぽい浴衣」

（あまりにも両極端じゃないか！　でも、どっちもここにある気がしないよ）

少女に迫られ、どう答えたものか正路が迷っていると、簾の向こうから投げつけるような無愛想な声がした。

「そんなものはない」

言うまでもなく、声の主は司野である。

「えー！　せっかく来たのにその態度……うわ」

司野の失礼な態度にストレートに立腹した少女は、しかし、いかにも億劫《おっくう》そうに簾を持ち上げて店に出て来た司野の姿に、抗議を忘れ、驚きの声を上げた。

（まあ、そうなるよね。男の僕だって、毎日見とれちゃうもん）

正路は心の中でうんうんと頷きながら、少女の魂が抜けたような顔を見た。

「え、うそ、かっこいい。なんでこんなとこに？」

素直な賛辞を口にして、少女は信じられないといった様子で司野の全身を凝視している。探している和服のことは、心からスポンと抜け落ちてしまったのかもしれない。

（わかるわかる）

　正路の心の相づちをよそに、司野は正路の肩をグイと引いて下がらせ、自分が少女と相《あい》対した。

「今、うちに和服の持ち合わせはない。あったとしても、相性がよくなければ売らん」

「相性？　何それ」

　美しい姿と裏腹の刺々《とげとげ》しい言葉に鼻白みながらも、少女の視線は司野の顔に注がれたままである。彼女の賞賛の視線を羽虫でも避《よ》けるように受け流し、司野は店の入り口を指さした。

「とにかく、望みのものはここにはない。帰るがいい」

「うわ、綺麗《きれい》な顔でド失礼すぎ。信じらんない」

　さすがに不満顔でブックサ言いつつ、本能的に、司野に食い下がっても無駄だと悟ったのだろう。少女は膨れっ面でクルリと踵《きびす》を返した。

　サラサラの髪が、身体の動きに合わせて揺れるのが何とも瑞々《みずみず》しい。司野の完成された美とはまた違う、のびやかな、今しかない美しさだと正路が感心しつつ見送っていると、彼女は通路半ばでピタリと足を止めた。

　そびえ立つ壁のような器物の山の中から、細い指で何かをそっとつまみ上げ、顔の前にぶら下げてしばらく眺めてから、再び司野と正路のところに引き返してくる。

「ねえ、これ、何？」

少女がブラブラさせているものを見て、正路は目をパチクリさせた。

それは、携帯電話につけるアクセサリーのように見えるものだった。色褪《いろあ》せた組紐《くみひも》の先に、小指の先ほどの大きさの、鞠《まり》で遊ぶ猫の彫刻が取り付けられている。全体はクリーム色一色で、とてもシンプルだが愛らしい品だ。

「そんなもの、ありました？」

「あった。なんか、そこの変な置物に引っかかってた」

少女が指さしたのは、黒々した布袋《ほてい》の大きな木彫である。先日、司野が引き取ってきたばかりの品だ。

驚く正路をよそに、司野はムスッとした顔のまま答えた。

「根付だ」

「ねつけ？」

少女と正路の声が、綺麗に重なる。

「なんだ、お前まで知らんのか」

「……恐縮です」

さっきから無知を咎《とが》められてばかりの正路は、思わず肩をすぼめて項垂《うなだ》れる。

「根付というのは、小型の細工物のことだ。江戸《えど》の昔、印籠《いんろう》や煙草入れ、巾着《きんちゃく》なんかを紐で帯から吊《つる》すとき、落ちないように留め具として使っていた」

「あー！　クリップ代わりってこと？」

お洒落《しゃれ》には敏感な少女は、司野の言葉をすぐに理解する。司野は少し意外そうに目を見張り、同意した。

「そうだ。だが、衣服が洋服中心になってからは、実用性より装飾性が楽しまれるようになった。今では、コレクターに大いに人気がある。それはおそらく、昭和になってから、美術品として制作されたものだろう。廃業した旅館から大量に器物を引き取ったとき、紛れ込んでいたと見える」

「ふーん……。つまり、今はどう使ってもいいってこと？　スマホにつけたり、バッグにつけたりしてもいい？」

「ああ。用い方は好き好きで構わん。……そうだな。それなら売ってもいい。あんたと相性のいい品だ」

「は？　相性って言われんの二度目だけど、どういうこと？」

少女の無礼な態度にも、司野は怒らず、不思議と面白そうな顔つきをしている。

（あ、あの根付と女の子、ホントに相性ピッタリなんだ。いいご主人様を斡旋《あっせん》できて、司野、嬉《うれ》しいんだな）

正路は、自分も胸がほっこりするのを感じたが、このまま司野の生真面目な解説を聞いたところで、彼女は正確なニュアンスを理解できないかもしれないと不安になり、慌てて口を挟んだ。

「つまり、ラッキーアイテムってことです。あるでしょ、神社のお守りみたいに、身につけていたら守ってもらえたり、いいことがあったりしそうな……」

さっき、「わかりやすい説明には注意しろ」と言われた意味を痛感しながら、正路は簡易な説明を試みる。

(ほんとだ。情報の取捨選択で、大事な事実を隠しちゃってる。その根付が、「付喪《つくも》神《がみ》」だってこと、僕はこの子に言わずにおこうとしてる)

実は、この店に置く品物を選ぶとき、司野は、美術品・芸術品としての経済的価値はまったく意に介さない。

ここにうずたかく積まれた雑多な器物に唯一共通するのは、それらが「付喪神」であるということだ。

正路もここに来て初めて知った言葉だが、長年、人間に愛用された器物には、いつしか魂が宿り、妖《あやか》しの一種となる。それが、「付喪神」である。

持ち主が死去したり、あるいは持ち主に捨てられたりした「付喪神」は、そのまま放っておくと、人間を恨み、憎むようになる。そうならないよう、司野はそうした

「付喪神」たちを店に迎え入れ、新しい主《あるじ》との橋渡し役を果たしているのだ。

　客と相性のいい「付喪神」を見繕い、司野自身も「幸運を呼ぶ品」と説明して売っているので、正路の説明もそう間違ってはいないはずだ。それでも、少女を騙《だま》しているようで、後ろめたさから正路の声はゴニョゴニョと小さくなってしまう。

　少女は根付と司野の顔を交互に見て、期待に大きな目を輝かせた。

「ラッキーアイテムかあ！　じゃ、これ持ってたら、彼氏できるかな！」

「それは知らん。だが、あんたが根付を大切にし、肌身離さず持ち続けていれば、必ずやそいつはあんたに幸運をもたらす。それが何であれな」

「マジか！　試験でいい点数取れるとか、そういうのもアリ？」

「ありかなしかと言われれば、可能性としてはありだろうな」

「やった！」

　すっかり和服のことを忘れ、少女は根付を持ったまま勢いよくガッツポーズをする。

　しかし、すぐに彼女は不安そうに司野に訊《たず》ねた。

「あ、でもこれ、いくら？　もしかして、めっちゃ高い？　プラスチックみたいだから安いかなって思ったんだけど」

　無邪気な発言に、さすがに司野は顰《しか》めっ面《つら》になった。

「プラスチックではない。象牙《ぞうげ》だ。今となっては、手に入れにくい素材だぞ」

「象牙！　象の牙《きば》？　ヤバ」

「それが作られた頃は、合法の品だった。心配は要らん」

少女の「ヤバ」の意味をそのとおりに取ったらしく、司野は四角四面の返答をする。

少しだけそれを微笑ましく思いつつ、正路は彼女の代わりに司野に問いかけてみた。

「象牙ってことは、ずいぶん高いんじゃないの？」

「マジで？　買えないくらい高い？」

二人に問いを投げかけられた司野は、煩わしそうに首を小さく振り、少女に問い返した。

「いくら持っている？」

「え？　えっと、今日は、もろもろかき集めて三千円ってとこかな」

「なら、それでいい」

「えっ？　全財産いっちゃう？」

「その程度の覚悟すらないなら、売らん。帰れ」

「すぐ帰れって言う～。よくないよ、そういうの」

不満げに司野に説教しながらも、愛らしい根付を諦《あきら》めきれなかったのだろう。少女はさんざん迷った挙げ句、正路に手を出すように言いつけ、彼の手のひらの上に、紙幣と小銭を合わせ、きっかり三千円を載せた。

司野に視線で促され、正路は慎重に金額を確認して、笑顔で頷《うなず》いた。

「はい、確かに三千円いただきました！」

　司野も、満足げに頷く。

「では、その根付は今日からあんたのものだ。象牙の扱いは調べて学べ。身につけ、大切にする限り、そいつはあんたに幸運を呼び続ける。だが、一度でも粗末にすれば、必ずや逆の結果がもたらされるぞ。ゆめゆめ忘れるなよ」

　やけに神妙な顔で司野の話に耳を傾けた少女は、少し考えてから、ポケットから引っ張り出した小さな鍵《かぎ》に、根付を慎重に取り付けた。

「これ、学校のロッカーの鍵なんだ。これなら、平日はずっと一緒だし、土日だって、部活の自主練でロッカー使うから。こういう使い方でいい？」

「ああ」

「わかった！　マジで大事にする。ありがと！」

「ああ」

「ああ、ばっかり。お買い上げありがとうございますとか、全然ないんだこの店」

「あ、それは僕が！　お買い上げ、まことにありがとうございます！」

「……なんでそこ、役割分担してんの？　二人とも言えばいいじゃん」

　大慌てでペコリと頭を下げる正路と、傲然《ごうぜん》と突っ立ったままの司野を不思議そうに何度か交互に見てから、少女は訝《いぶか》しそうな顔のままで店を出て行く。

「ありがとうございました！　またよろしくお願いします」

居酒屋バイト時代よろしく、店の外まで少女を見送り、正路は中に戻った。

司野は座敷に戻らず、布袋《ほてい》の木彫の前に立っている。

「女子高生が来たときはビックリしたけど、あの根付のいいご主人様になってくれそうだね。意外と真面目そうだったよ、あの子」

正路が笑顔でそう言うと、司野もまんざらでもない様子で同意した。

「そうだな。何より、根付があの娘を気に入った。だから、わざわざ目に入るところに移動してきたんだ」

「そうなの？　じゃあ、本当にいい出会いだったんだね。あの子の望みどおり、彼氏が見つかるかも？」

「知るか。それより、もう一杯茶を煎《い》れろ」

「あ、そうだった。ゴメン。すぐ」

正路はバタバタと慌ただしく座敷へ戻っていく。

司野も後に続きかけて、ふと足を止めて振り返った。そして、山積みの器物に向かって、低く語りかける。

「貴様らも、あの根付を見習って、よき主になるべき人間が来たら、己で摑《つか》み取れ。

そうすれば、俺の手間が省けるからな」

承諾か、あるいは不満の意か。

途端に店内の器物たちがカタカタ、ガタガタといっせいに鳴り始める。

司野はふっと笑うと、「彼ら」に背を向け、簾《すだれ》越しに、「次は京番茶にしろ」と正路に命じた。

*　*

それから一ヶ月ほど経った頃。

司野が営む「忘暁堂」に、不思議な現象が起きた。

普通は骨董《こっとう》店に出入りしそうではない、中学生や高校生の客がドッと増えたのである。

どうやら、例の根付を購入した女子高生に、たった三日で「彼氏」が出来たらしい。

彼女はごく親しい友人にだけ、不思議なラッキーアイテムの入手経路を語ったのだろうが、その手の不思議な話はあっという間に広がるものだ。近隣の学校の女子生徒たち、時には少数派ではあるが男子生徒たちも、「恋愛成就のラッキーアイテム」を求め、放課後に忘暁堂を訪れるようになった。

司野が怒り出さないかとハラハラして、正路は予備校の授業が終わるとすぐ、自習を諦めて飛んで帰るようにしていたが、総じて司野は彼なりの上機嫌だった。

やはり、ここで無聊《ぶりょう》を託《かこ》っている「付喪神《つくもがみ》」たちが、新たな主を得て去っていくことが喜ばしいのだろう。

正路が「よかったね」と言うと、決まって「商売だからな」と素っ気なく応じる司野だが、いつもより明らかに、怒りの沸点が高い。

数人、あまりにも無作法な、器物を大切にしそうもない生徒たちをけんもほろろに追い返した以外は、皆、それなりに安価で小さなアイテムを斡旋《あっせん》され、喜んで帰っていった。

とはいえ、古い器物引き取りの依頼はひっきりなしに寄せられ、司野は仕入れに出掛けては選び抜いた様々な品を持ち帰るため、店内の「付喪神」の山は少しも低くなる気配はない。

正路は日々、司野にお伺いを立てて、「付喪神」たちの怒りを買わないように気を遣いながら、店内の清掃をコツコツ続ける日々だ。

そんな六月のある雨の夕暮れどき。

チリーン！

お馴染《なじ》みの火箸《ひばし》の音に、そろそろ店じまいを……といっても扉を施錠するだけなのだが……しようと考えていた正路は、ハッとして座敷から店に飛び出した。

司野は座敷奥の自室で、破損した器の修繕中だ。早晩、呼びに行くことになるだろうが、とにかく先に挨拶《あいさつ》だけはしておかねばならない。

「いらっしゃいませ！」

「はーい、いらっしゃいました」

弾んだ声でお茶目な挨拶を返してきたのは、三十路《みそじ》にさしかかるかその手前かという年齢の、長身の女性だった。

活動的なショートカットがよく似合う人懐っこい顔立ちで、これまた動きやすそうなパンツスーツを着込んでいる。傘を持っていなかったのか、髪も服もびしょ濡《ぬ》れだ。

「あ！　あの、待っててください。タオルを持ってきます」

「あら、嬉《うれ》しい。ありがとうございます」

女性が本当に嬉しそうにニッコリしたので、正路は慌てて座敷経由で二階に駆け上がり、洗面所から新しいタオルを持って戻ってきた。

「これ、使ってください。大丈夫ですか？　けっこう降ってましたよね」

「ええ。実は傘を持ってはいたんだけど、風でバーンとひっくり返って骨が折れちゃって。やっぱ、コンビニ傘は弱いわよねえ」

「ああ、なるほど」

賑《にぎ》やかに喋《しゃべ》りながら女性はバサバサと全身をタオルで拭《ふ》き上げ、それを畳もうとした。

「これ、洗って返すわ」

「いえ、そんなのいいです。大丈夫なので」

正路が半ば奪うようにタオルを受け取ると、女性は何故か少し残念そうに「そう？」と言いつつ、大きなトートバッグを引っかき回して、名刺入れを取り出した。

そこから名刺を一枚抜いて、急に礼儀正しく、両手で正路に差し出してくる。

「改めて、はじめまして。私、こういう者です」

「あ、は、はい。ご丁寧にありがとうございます。……ルポ、ライターさん、ですか？」

正路が受け取った名刺には、「フリールポライター　松岡由美子《まつおかゆみこ》」と大きく印刷されていた。裏を返すと、スマートホンの番号と、メールアドレスが記されている。

「ええ、そう。ねえ、あなたが噂のイケメン店主？　うーん、どうかなあ。ギリギリイケメンって言えないことはないけど、どっちかって言えばカワイイ系よね」

「えっ、ええっ？」

他人から可愛いなどと言われたことがない正路は、面食らって裏返った声を出してしまう。

女性……松岡は、大きな目でジッと正路の顔を見つめた。薄化粧だが、マスカラだけはバッチリつけているようだ。目の下にたくさんあるそばかすが、彼女が持ち合わせる愛嬌《あいきょう》に色を添えている。

「それに可愛いけど地味。凄《すご》く地味。店の中は正直度肝を抜かれる凄さだし、めちゃくちゃ話題性あるけど、店主さんがこう地味じゃなあ。引きが弱いなあ」

初対面の人物に、あまりの言われようである。

さすがの正路もいささかカチンと来て言い返した。

「あの、ルポライターさんが、何かご用ですか？　お探しの品物でも？」

腹を立てていても、あくまで礼儀正しさは失わないのが正路の美点だが、それが今は、松岡をつけ上がらせてしまったらしい。

「ルポライターが来たら、それは取材目的に決まってるでしょ」

「しゅ、取材？」

松岡は頷《うなず》いて、自分の両側にそびえ立つ器物の山を面白そうに見上げた。

「そうよ。ここでしょ、このあたりの中高生に大人気の骨董《こっとう》屋さん。恋愛にめちゃくちゃ効くアイテムを売ってくれるって話じゃない。ＳＮＳでちょっと評判になりつつあるのよね。で、盛り上がってみんなが目を付ける前に、シャシャッと取材させてほしいと思って、駆けつけたわけ。ね、まさか、他の記者がもう来ちゃった？」

正路は困惑しきりで首を横に振る。

「いえ。この店に取材なんて、来たことはないです……たぶん」

「たぶんって何よ？　煮え切らないわね！」

「あの、言いそびれましたけど、僕、ここの店主ではないので」

「はぁ？」

「ただの店員、みたいなものなので、その」

松岡は憤慨した様子で両手を腰に当てた。

「なーんだ！　それ、早く言ってよ。道理でおかしいと思った。じゃ、別にいるのね、超絶イケメン店主」

確かに、その形容は間違ってはいない。正路は、困り顔で曖昧《あいまい》に頷いた。

「はい、まあ」

「そっか！　ちょっと安心した。まあ、あんたもよく見れば悪くはないわよ、マジで。一部の人には人気が出そう。あ、ねえねえ。この雑誌知ってる？」

松岡は、バッグから薄い雑誌を取り出して正路に見せた。表紙には、いかにも高校生モデル然とした少年少女が、カジュアルな服装でポーズを取っている。タイトルに見覚えがなく、正路は申し訳なさそうに返事をした。

「すみません、知らないです」

「えー？　今、十代の女の子たちに大人気のファッション雑誌なんですけどぉ。私、そこで毎月二ページ、『街の流行先取り！』っていうコーナーをやらせて貰《もら》ってるの。普段は、やっぱりハンドメイドのアクセサリーとか、新しい服のブランドとか、そういうのが多いんだけど、今回はこの店を記事にしたくて！　いいじゃない、恋愛必勝アイテムを売ってる骨董屋さん！　女の子はミステリアスなものが大好きだから、絶対ウケる。この店だって、大繁盛するわよ。ねえ、素敵じゃない？　Ｗｉｎ－Ｗｉｎじゃない？」

「あ、いや、その」

「絶対損はさせないって。超絶イケメン店主の写真と、この店の超ハチャメチャな写真、あと、そうだ、私にも恋愛必勝アイテム、見繕ってもらおうと思って。その写真を並べて紹介したら、引き、超強い記事になるわよ。あ、一応、あんたも店長とツーショで写してあげる。どう、いいでしょ？」

「いや、あの、たぶん、無理」

「どうしてぇ？　っていうか、超絶イケメン店主さんに会わせてよ。今日、いないの？　いつだったらいる？　アポとか必要？　だったら出直すけどできるだけ早くスケジューリングしてもらえる？」

　マシンガンの如く矢継ぎ早に質問を繰り出され、正路は狼狽《ろうばい》するばかりだ。

そのとき、ようやく背後から、正路が内心待ち望んでいた司野の声が響いた。

「取材など願い下げだ」

明らかに怒りを含んだ声と共に、司野が姿を現す。

「こ……こちらが店主ですっ」

今度は肩を摑《つか》まれるまでもなく、正路は怯《おび》えた子犬のような有様で、司野の背中にそそくさと隠れる。

「うわー！　マジで超絶イケメン店主来ちゃった。えっ、今写真一枚いいですか？」

松岡は少しも悪びれず、むしろ司野の美貌《びぼう》に喜びの声を上げる。司野は、正路が初めて見るほどの険しい面持ちで、松岡を見据えた。

「断る。客でないなら、すぐさま出て行け」

「んもう、イケメンに限って、ガードが堅いのよね。でも、さっきこの地味カワな店員さんにしてた説明、聞こえてたでしょ？　私、声が大きいから。そりゃテレビほどの影響力はないでしょうけど、今どきの高校生、けっこう雑誌を読む子、いるのよ。この雑誌、電子版も出てるし、スマホで読めて人気あるの。きっとお客さんが今より何倍も増えるわ。前向きに検討してよ」

「断固、断る」

司野の声は骨に染みいる冷たさで、視線は射るように鋭い。背後でただ聞いているだけの正路が震え上がるほどの激しい怒りであるにもかかわらず、松岡は少しも動じない。

　無邪気かつ無神経に振る舞っているが、それはあくまで計算で、ルポライターとして、それなりの修羅場を経験してきたのかもしれない。

「もう、今日はご機嫌が悪いのね？　そうよね、アポなしで突撃されたら不愉快よね。ごめんなさい。そこは謝る。今日はご機嫌うかがいだけのつもりだったんだけど、この店の凄い眺めに、ハチャメチャにテンション上がっちゃって、つい」

　松岡はペコリと頭を下げてみせたが、まったく反省などしていないことは、顔を見れば明らかだ。

　司野はますます不快そうに、眉間《みけん》に深い縦皺《たてじわ》を刻んだ。

「貴様の下らん話に、これ以上付き合うつもりはない。即刻、出て行け。さもなくば蹴《け》り出すぞ」

　まっすぐに店の出口を指され、松岡はそれでもしぶとく食い下がった。

「そんなこと言わないで。次はちゃんとアポを取るから、もっとじっくり話を聞いてよ。いつが暇？　いつならお伺いしていいかしら。平日週末、朝から朝まで、いつだっていいわ。そちらの都合に合わせる。だから、できるだけ近近でおねが」

「出て行け！」

仏の顔も三度、司野の「出て行け」も三度である。

今度こそ、本当に強制排除されると、司野の全身から立ち上る怒気から察知したのだろう。松岡は、いかにも不服そうに首を振って両手を軽く上げた。まるで、映画のアメリカ人俳優のような「やれやれ」の仕草である。

「んもう、私としたことが、喜び過ぎて初動をミスっちゃったかぁ。わかった。仕切り直す。ほとぼりが冷めた頃にきっと来ます。じゃ、蹴り出されないうちに、これにて失礼。あっ、いいもの見っけ」

また司野にどやしつけられないうちに退散とばかりに、足早に店を出て行こうとした松岡は、ふと、扉の脇の傘立てに入っていた、顧客用の置き傘に目を留めた。

そして、正路が制止する間もなく一本引き抜くと、弾んだ声でこう言った。

「外、まだ土砂降りだから、傘を借りていくわね。次回は取材じゃなく、傘を返しに来ます。じゃ、そゆことで!」

「おい!」

司野の堪忍袋の緒が切れる寸前の怒声から、松岡は傘と共にヒラリと逃げていく。

「す……凄《すご》い、人だったね」

扉を閉め、念のため施錠した正路に、司野はまだ怒り心頭に発した凶相で吐き捨てた。

「塩でも撒《ま》いておけ。何だ、あの無礼な女は」

　そう言うなり、彼はドカドカと座敷の奥に姿を消す。あの様子では、すぐに作業には戻れないだろうと気の毒に思いつつ、正路は言われたとおり、店の前に形ばかり塩を撒いた。

「うう。なんだか猛烈に気疲れした」

　とぼとぼと旧式のレジスターが据えられた机の前まで戻ってきたが、さすがに、あれほど立腹している司野の部屋に、様子を窺《うかが》いに行くのは躊躇《ためら》われる。

「どうしよ。今夜は晩ごはんどころじゃないかもしれないな。何か、お惣菜《そうざい》でも買ってきておいたほうがいいかな」

　力なく呟《つぶや》きながら、とりあえず自室に戻ってみようかと思ったそのとき、正路は、いつの間にか机の上に、松岡が例のファッション雑誌を置いていたことに気付いた。

「あ、これ。忘れていった……わけじゃなさそうだな。わざとか」

　正路は雑誌を取り、パラパラとページをめくってみた。

　雑誌の後半に付箋《ふせん》を貼り付けてある見開きのページが、なるほど、松岡が担当している「街の流行先取り！」の記事だ。

「へえ。台湾スイーツ特集。美味《おい》しそうだな。しかも、わりと安い。なるほど、十代の女の子でも学校帰りに食べられるものをセレクトしてるのか」

興味を惹《ひ》かれ、正路は記事をじっくり読んでみようとした。

だが、座敷奥の間から、襖《ふすま》越しに、司野が正路を呼ぶ荒々しい声が聞こえ、正路はギョッとして雑誌を取り落としそうになる。

「はーい！」

大声で返事をすると、「冷えた水を持ってこい！」と、即座に命じられた。

（あ……頭を冷やしたいのかな）

司野には意外とそういう単純なところがあって、正路をほんわかした気分にさせてくれる。だが、今は緩んでいる場合ではない。モタモタしていたら、正路もとばっちりを食うに違いないからだ。

「今すぐ！」

正路はまた声を張り上げ、数秒考えて、雑誌を持って座敷に上がった。そして、自分の座布団の下に、とりあえず隠しておくことにした。

司野に見つかれば、あるいは報告すれば、即座に捨てろと言われるに決まっている。

（一応、読むだけ。そう、読んでから捨てればいいんだから）

主《あるじ》に隠しごとをする後ろめたさからそんな言い訳をしつつ、正路は戸棚からいちばん大きなグラスを取り出し、そこにぎっしりと製氷皿の氷を詰め始めた……。

二章　天に昇る音

その夜、十一時過ぎ。

「ふう、どうにか一区切り！」

予備校の授業の復習を終えた正路は、自室でうーんと大きく伸びをした。

初めてここに担ぎ込まれて以来、正路は「忘暁堂」二階のこの部屋で寝起きしている。

ここはかつて、先代店主の大造《だいぞう》、ヨリ子夫妻が寝室として使っていた部屋だ。そこを司野は、正路に与えてくれた。

先代店主夫妻は、司野にとってはこの時代における大恩人にあたる。

亡き主の辰冬については、司野は愛憎入り交じった複雑な想いを抱いているらしい。

一方で、司野の正体を知らず、ただ息子のように慈しみ、住み処《か》と職を与えてくれた夫妻のことは、司野も憎からず思っているようだ。

彼らとの思い出話は、事実を客観的に列挙するいつもの淡々とした調子で語られるが、そこには確かな親しみと温《ぬく》もりの情がある。

　と、少なくとも正路は勝手にそう感じている。

（僕だったら、好きな人の気配が残っている部屋は、そのまんまにしておきたいと思いそうだけど）

　正路は、自分が使っている書き物机を見て、小さな溜《た》め息をつく。

　それは、司野が「勉強するなら必要だろう」と手配してくれたものだ。何十年か前に神戸《こうべ》の家具工房で作られたというその瀟洒《しょうしゃ》な机は、いわゆるライティングビューローと呼ばれるタイプである。

　司野の説明によれば、本来の目的は収納だが、大きな扉を前に下ろして書見台またはちょっとした書き物机として使用できるようにした家具を、そう呼ぶのだそうだ。

　確かに、しっかりした引き出しが何段もついているので、日頃は収納家具として様々なものを入れ、勉強したいときだけ扉を下ろして机として使うことができて、さほど広くない室内ではとても使い勝手がいい。

　時を経て、木材が落ちついた色に変化しつつあるのも、この古い家によく似合う風情だ。

（だけど、この机を入れるために、ヨリ子さんが生前使ってた鏡台を撤去しなきゃいけなかったんだよね）

天板の隅っこに残っている、前の持ち主の名残である小さな傷を指先でなぞりながら、正路は今はもうない鏡台のことを思い出していた。

この机に負けず劣らず時代の味が出た木製の鏡台には、そこここに美しい花の彫刻が施されていた。正路は花に詳しくないので種類はよくわからないが、少なくとも百《ゆ》合《り》の花はあったように思う。クラシックで、美しい鏡台だった。

引き出しには、亡きヨリ子の愛用の品とおぼしき化粧品がたくさん残っていて、彼女に一度も会ったことがない正路でさえ、そうした使いかけの容器を見ると胸がギュッとしたものだ。

しかし司野は、正路が予備校に行っているあいだに、あっさりとその鏡台を部屋から持ち出し、処分してしまっていた。

司野によれば、「別段、鏡台にヨリ子さんの念が宿っているわけではないし、付喪神になるほど年を経てもいない。まして、俺はヨリ子さんがここで化粧をしているところなど見たこともない。俺にとっては、どうでもいいものだ」ということで、なるほどそうかと部外者の正路は納得するより他がない。

しかも正路自身は鏡台とは無縁だし、「使われない家具はむしろ哀れだ」という司野の言い分ももっともである。

（司野は、信頼できる家具屋さんに、あの鏡台を売ったって言ってた。きっと綺麗《きれい》に

手入れしてもらって、新しい持ち主に出会えるんだよね。そのほうが、鏡台にとってはきっといいんだ。でも）

　正路の胸には、なおも抜けない小さな棘《とげ》のような引っかかりがある。

　この部屋で最初に目覚めたとき、調度品のすべてが分厚い埃《ほこり》を被《かぶ》っていた。

　無論、妖魔《ようま》である司野は、いちいち埃など気にするたちではないそうだ。それでも階下の茶の間はそれなりに清掃されていたので、二階のこの部屋は、わざと手をつけていなかったということになる。

　その理由を問われれば、司野はおそらく、「使ってもいない部屋を掃除する趣味はない」とにべもなく言うことだろう。その程度のことは、正路にも想像がつく。

　しかし、正路としてはもうひとつ、つまり、故人が暮らしていた部屋をそのままにしておきたくて、手をつけなかったという可能性について考えずにはいられないのだ。

（僕なら、大切な人が暮らした空間は、そのまんま置いておきたいと思っちゃいそうだ。そうしたら部屋に入るたび、その人の気配を感じることができるから。もし、司野がそんな気持ちでこの部屋を手つかずのままにしていたのに、僕が来たせいで、大切な思い出の場所を変えざるを得なくなったんだったら……）

　我ながら考え過ぎだとは思うが、何か新しい家具やガジェットを買おうかと思うたび、そのことが気になって思いとどまってしまう正路である。

(司野にそんなこと言えば「馬鹿馬鹿しい」って怒られそうだけど、やっぱりこの部屋、大造さんとヨリ子さんが使っていた頃の空気をできるだけそのまんま残しておきたいような気がする。お二人に会ったことはなくても、司野の話からお人柄に触れることができるし、この部屋に残っているものを通して、お二人を感じることができる気もするから)

参考書や筆記用具を机の引き出しに片付け、そんなことをぼんやり考えていた正路の耳に、耳慣れない音が聞こえてきた。

「ん?」

正路は椅子から立ち上がり、耳を澄ませる。

「……音楽、だよね?」

語尾にクエスチョンマークがつくほど、それは奇妙な旋律だった。

正路になじみ深いドレミの音階からは微妙に音がずれていて、それでいて全体的にメロディーはきちんと保たれている感じがする。

(知らない曲だけど、こう、全部を半音下げたみたいな、不思議な感じ。音のゆらぎも独特だな。あ、この音色、もしかして)

「笛!」

正路は、つぶらな目を瞠《みは》った。

笛といっても、リコーダーやフルートではない。どちらかといえば、横溝正史《よこみぞせいし》作品の映画や、神社でよく耳にするタイプの笛の音だ。

しかもそれは、階下から聞こえてくる。

「司野が吹いてるのかな。それとも、何かの音源かな」

好奇心にかられて、正路は部屋を出て、抜き足差し足で階下に降りた。

茶の間は真っ暗で、司野の姿はない。どうやら、音は座敷の奥の司野の自室で鳴っているようだ。

正路はしばらく、暗い茶の間の壁際に立ち、じっと耳を傾けていた。

演奏はずっと続いているわけではなく、ときおり唐突に止んだり、たまに明らかに吹き違えたりしている。

(動画配信を見てるんじゃなければ、司野が自分で吹いてる……?)

暗がりに佇《たたず》んでいると、徐々に目が慣れてくる。台所の小さな窓から、街灯の光が少しばかり入ってくるおかげだろう。

これなら、ちゃぶ台や座布団に躓《つまず》くことなく動けそうだ。

(ちょっとだけ。もうちょっとだけ近くで聴いてみたい)

足音を忍ばせ、息まで潜めて、一歩、また一歩と司野の部屋に向かって慎重に近づいていた正路は、いきなり襖《ふすま》の向こうから聞こえてきた声に文字どおり飛び上がった。

「おい。何をしている」

「ヒャッ」

驚きのあまり、素っ頓狂《とんきょう》な声を上げて畳に尻餅《しりもち》をついてしまう。

「あだ……」

（そうか。忘れてた。司野は妖魔だから、めちゃくちゃ耳がいいんだった！　僕なんかがいくら静かに歩いても、意味なんかなかったんだ）

　笛の音はすっかり止み、閉ざされた襖の奥からは、また無愛想な声が飛んでくる。

「用があるならさっさと入れ」

「えっと、用があるわけじゃ……あ、いや、入ります！」

　正路は軽く痛む尻をジャージの上からさすりつつ立ち上がり、「ちょっとだけお邪魔します」と声を掛けて、司野の居室の襖を開けた。

　青々した畳敷きの部屋は、正路の部屋と同じ、六畳間である。

　しかし、室内にあるのは文机《ふづくえ》と座布団、それに本棚だけなので、正路の部屋よりずっと広々、そしてスッキリして見える。

（あ、今日はもう布団が敷いてある。司野、早めに寝るつもりだったのかな……って）

「うわッ」

　司野の姿を探して視線を巡らせた正路は、またしてもビックリして声を上げた。

普段は布団を収納している押し入れの襖が三分の一ほど開いていて、空っぽのはずの薄暗がりに、司野の切れ長の目がギラリと光っていたのである。

「うるさい。騒ぐな」

「だ、だって！　何してるの、そんなところで！」

正路は驚いた顔のまま押し入れの前に行き、襖をそっと開けてみた。ようやく、司野の全身が露《あら》わになる。

司野は長身を折り畳むようにして押し入れの中で体育座りをしており、その右手には黒々した横笛が握られていた。

「あ、笛！　やっぱりさっきの音、司野がその横笛を吹いてたんだね」

「龍笛《りゅうてき》だ」

いつものように短く説明して、司野はのっそりと押し入れから出てきた。笛……龍笛を持ったまま、文机の前の座布団に胡座《あぐら》をかく。

正路も、司野に向かい合って、こちらは畳の上に直に座り込んだ。

司野は夕食のときと同じ、ロングスリーブのＴシャツとジャージというカジュアルな部屋着姿のままだった。その手にいかにも古風な笛が収まっているのが、正路の目には何とも新鮮に映る。

「下僕の分際で、主《あるじ》の動向を探るとは何の真似だ？」

改めてムスリとした顔の司野に問い質《ただ》され、正路は正座してガバッと頭を下げた。

「ごめんなさい！　だけど、動向を探るとかじゃなくて、単に笛の音が聞こえてきたもんだから、気になっちゃって。てっきり、何かの音源を聴いてるのかなって思ったんだけど」

「俺が吹いていた」

　これ以上ないほど簡潔にそう言って、司野は笛を腿《もも》の上に置いて見下ろした。長さは四十センチほどだろうか。木製の本体に、黒い植物の繊維をグルグルと巻き付けてある。

「龍笛って、和楽器？」

「雅楽で用いる笛だ。この笛の音域はなかなかに広い。それを、天と地を行き交う龍の鳴き声になぞらえて、龍笛というのだそうだ。久しぶりにふと目について、吹いてみたくなった。修錬を怠けていると、妖魔《ようま》といえども腕が落ちるものだな」

　そんな説明をしながら、司野は正路に笛を差し出す。

「触っていいの？」

「別に構わん」

　正路は一瞬躊躇《ためら》ったが、すぐに両手で笛を丁寧に受け取った。

　思ったより、持ち重りがする。特に、吹き口があるほうが極端に重くなっている。

「吹き口がある側の端っこに、重りが入ってる？」

「ああ、鉛が入っている。共鳴して、音量が高まるからな」

「なるほど！　本体は竹なんだね。外側にしましまに巻いてあるのは……」

「この笛では、籐《とう》だ。煤竹《すすだけ》に、細く裂いた籐の繊維を巻き付け、漆で固めてある」

「へえ……。綺麗《きれい》だね。それに、なんだか凄《すご》くかっこいい。これは、古いものなの？」

「いや」

司野はかぶりを振ると、正路から笛を取り返した。慣れた様子で構え、吹き口に軽く唇を押し当てると、正路の感覚では「レ」に近い音を短く出して、また下ろしてしまう。

「ここに来てしばらくした頃、先代店主の大造さんが、他の美術品と共に持ち帰ったものだ。目当ての品を売ってもらうかわりに、先方が持て余している品々を押しつけられたらしい。この龍笛は、そうした不要品の一つだった。大造さんは、せいぜい十万前後の売価だろうと言っていた」

正路は、情けなく眉尻《まゆじり》を下げる。

「それが安いのか高いのか、さっぱりわからないよ」

「どんな楽器でも、上を見ればキリがない。十万円の龍笛は、日々の稽古《けいこ》用には十分といったところではないか？　俺もそのあたりは詳しくないが」

「司野にも詳しくないことがあるんだね。じゃあ、その龍笛を売ってくださいって大造さんに頼んだの？」

「いや。大造さんが、『特に売るあてはないから、ほしけりゃやるよ』といって、ぽんと渡してくれた。別段ほしかったわけではないが……」

「ないが？」

「かつて、やたらめったら龍笛の音を聴かされていたからな」

正路が先を促すと、司野は美しい顔を惜しげなくしかめた。

その不機嫌極まりない表情を見れば、正路には、これから司野が誰の話をしようとしているかたちどころにわかってしまう。

「あっ、もしかして、司野のご主人様が？」

司野は、口をへの字にして頷《うなず》いた。

「辰巳辰冬は、龍笛の名手だった。さしずめ、陰陽寮《おんみょうりょう》の仕事を怠けて、笛ばかり吹いていたのだろうよ」

「趣味があるのはいいことだし、笛が上手なのは素敵だと思うよ。そんなにいつも吹いてたんだ？」

会ったこともない人物をフォローしつつ、正路は好奇心に目を輝かせて訊《たず》ねた。やはり不愉快そうに、司野は肯定する。

「暇さえあれば吹いていた。蝶《ちょう》が飛んでいると言っては吹き、風が心地よいと言っては吹き、鮎《あゆ》が旨《うま》いと言っては吹き、月が美しいと言っては吹き……妖《あやか》しが出たと言っては吹き」

「最後！」

正路はつい、勢いよくツッコミを入れてしまった。

「他はとっても雅《みやび》だなって思って聞いてたけど、最後のケースだけは」

「調伏だ」

司野は真顔で言い返す。正路は、聞き覚えのないその言葉を小声で繰り返した。

「ちょう……ぶく？」

「調伏、つまり笛の音に呪力《じゅりょく》を込め、妖しを屈服させる。今風に言うなら、無力化するといったところか」

正路は大きく頷いた。

「何となくわかった！　音でこう、化け物を縛る感じだね？　子どもの頃に見たアニメで、そういうシーンがあった」

「……まあ、当たらずとも遠からずといったところだな。あいつにとって龍笛は娯楽であり、陰陽師としての商売道具でもあった。愛用の笛を、いつも持ち歩いていたな」

（やっぱり、辰冬さんの話をするとき、司野は滅茶苦茶《めちゃくちゃ》不機嫌な顔をして、そのくせ

懐かしそうで、ちょっとだけ楽しそうだ）

　そんなことをこっそり思っていた正路は、司野がボソリと付け加えた言葉に不意打ちされ、盛大に噴き出してしまった。

「思い出したくもないが、俺を折檻《せっかん》するときにまで、あいつはあの忌々《いまいま》しい笛を使っていたな」

「ぶふッ」

「主を笑うか！」

　たちまち司野は声を荒らげる。正路は慌てて謝った。

「ごめん！　ごめんなさい、つい。だけど、今のは不可抗力だよ。だって、司野、その、今はこんなにかっこよくて堂々としてて立派だから……ご主人様に折檻されるところを想像しようとしたら、何だか変な感じになっちゃって」

「勝手に想像するな、馬鹿者」

「ごめんなさいって。だけど、笛で折檻って、まさか笛で殴られたわけじゃないよね？」

　正路の問いかけに、司野は腹立たしげに手の中の笛を見下ろした。

「音だ。俺をこの人の姿の『器』に封じたとき、細工をしておいたのだろう。あいつが笛を吹くと、俺の頭が、万力で締めつけられたようにギリギリと痛んで、地面を転げ回って赦《ゆる》しを請う羽目になった。まったく、あれは血も涙もない男だったぞ」

　司野は憤然としているが、正路のほうは、再びこみ上げる笑いを引っ込めるのに必死である。

「……何だ？」

　そんな正路を、司野はギロリと眼光鋭く睨《にら》みつける。

「あ、ううん。孫悟空《そんごくう》も、三蔵法師《さんぞうほうし》にそんな感じの折檻をされてたなあって」

「猿と俺を一緒にするな！」

「か、返す返す申し訳ないです。でも、辰冬さんって凄い人だったんだね。龍笛《りゅうてき》でそんなに色んなことができたなんて。じゃあ司野は、辰冬さんから龍笛を習ったの？」

　正路のその問いに、司野はすぐには答えなかった。
文机《ふづくえ》に龍笛をそっと置くと、立ち上がっていきなりシャツを脱ぎ始める。たちまち、顔と同じく雪のように白い、バランスよく筋肉がついた上半身が露《あら》わになった。

「ちょ……何⁉」

　正路はギョッとして座ったまま後ずさったが、司野は脱いだシャツを片手にぶら下げて、ぶっきらぼうにこう言った。

「あのしつこく吠《ほ》え立てるうるさい女にイライラさせられたせいで、晩飯を食っても腹が満たされん。今夜はもう寝る。少しばかりお前を喰《く》わせろ」

「ああ……松岡さん」

事情が呑《の》み込めて、正路はホッと胸を撫《な》で下ろした。

ルポライターの松岡由美子が、「この店を取材させろ」とさんざん騒いで嵐のように去っていったあと、司野は相当に立腹してこの部屋に入ってしまった。

それでも彼は、午後六時過ぎには不機嫌な顔のまま出てきて、いつものように二人分の夕食を作った。

メインは、はしりの枝豆と短く切ったエノキダケをたっぷり入れ込んだ焼きシュウマイだった。蒸し焼きにしてフライパンごと食卓に出されたそれは、ふっくらした仕上がりなのに、底面だけがカリッと香ばしく焼き上がっていて、実に旨かった。

それ以外にも、千切りにしたキャベツと人参《にんじん》でさっと作った和風のコールスローや、作り置きの味付け卵などが食卓に並び、正路は大いに満足したのだが、司野はそうではなかったらしい。

司野がかつて語ったところによると、人間の食べ物はバリエーションが楽しめて悪くはないが、あくまでもおやつ感覚なのだそうだ。

彼ら妖魔《ようま》にとっては、人間の肉体こそが、最高のご馳走《ちそう》になる。

司野が正路を下僕にしようと思い立ったのも、瀕死《ひんし》の正路の血肉が旨かったからである。

とはいえ、毎度手足をもがれるのは正路にとってあまりに苦痛であるし、かたや司野にとっても、貪《むさぼ》った正路の身体をいちいち修復して元に戻すのでは、あまりに面倒臭い。

そんなわけで、司野が空腹を覚えたとき、彼は正路の「気」を要求するようになった。

おそらくそれは「オーラ」のようなものを意味する言葉なのだろうと、正路は理解している。共にひとつ布団に入り、リラックスした正路が放つ「気」を摂取することで、司野は自らの飢えを解消することができるのだそうだ。

「じゃあ、寝支度をしてくるよ。ちょっとだけ待ってて」

「急げよ」

「わかってる！」

正路はすぐに立ち上がり、自室へ駆け戻った。このときばかりは、幅の狭い階段を駆け上がっても、司野に「うるさい」と叱責《しっせき》されることはない。

さらりとした木綿のパジャマに着替え、歯を磨いて司野の部屋に大急ぎで戻ると、司野もまた寝間着に着替え、既に布団に入っていた。

この三ヶ月で、こんなことが両手の指に余るほどあった。最初の頃はただ横で寝るだけとはいえガチガチに緊張していた正路だが、今ではすっかり慣れたものである。

正路の「気」を味わっているときの司野は、いつもより少しばかり機嫌がいいので、普段より話が弾む。正路にとっては、それが何よりの楽しみなのだ。

「じゃあ、お邪魔します」

いくら正路が小柄であっても、一つ布団に男ふたりは窮屈である。だが、身を寄せているほうが、「気を喰らう」ことが容易《たやす》いらしい。

正路は、持参した自分の枕を司野の枕に並べると、灯《あか》りを消して布団に潜り込んだ。先に司野が入っていたにもかかわらず、布団の中はヒンヤリとしている。たとえどれほど人間と変わりない姿であっても、司野に体温はないのだと実感する瞬間だ。

常夜灯のささやかな光だけが、室内をぼんやり照らしている。

「あれ、いつの間にか夏布団になってる。司野、確か妖魔は暑いとか寒いとか、そういうのは感じないって言ってなかった？」

仰向《あおむ》けに横たわった司野は、大きく目を開けたまま、つまらなそうに顎《あご》の先を少しだけ動かした。

「そのとおりだ。だが、ヨリ子さんが」

「ヨリ子さんが？」

「六月になったら衣替えと布団の入れ替えをするのだと、うるさく言っていた。あれはあの人間の、というよりこの家《や》の掟《おきて》なんだろうと。だから、いなくなっても従っている。もっとも衣服については、朝の情報番組に出てくる連中や店の前を通る人間たちの服装を参考に、調節するようにしているが」

「ああ、そういうことか。意外とそういうとこ、気を遣ってるんだね」

「人間は、自分たちに馴染《なじ》まない者には厳しいからな。余計な波風を立てるのは面倒だ」

　何でもなさそうに告げられた理由に、自分に許された狭いスペースで身体を司野のほうに向け、司野に寄り添う体勢でどうにか落ちつこうとしていた正路は、驚いて枕から軽く頭を上げた。

「司野は、人間よりずっと強いのに！　周りの人から浮いちゃダメなんて、そんなこと、気にするんだ？」

　暗がりの中で、司野は口角をぐっと下げる。

「人間どもなど恐れはせん……と言いたいところだが」

「恐れるの？」

「いかにひ弱な生き物でも、群れを作れば驚くほど大きな力を発揮する。決してあなどってはならぬ。必要ならば目立つのも抗《あらが》うのもよいが、群れに紛れて生きることを覚えておけば、大きな波にたゆたい、ゆったりと流され、その間に力を蓄えることもできよう……と」

「と、辰冬さんが？」

また、司野の形のいい顎が数センチ上下する。

「抗うことは容易く、馴染むことは難しい。己の存在をひけらかすことは容易く、己を殺し、群れに埋没させることは難しい。さて、どちらが強者の証《あかし》になろうな、と辰冬は笑っていた。年を経るごとに、特にこの現代の世に生きるようになってからは、なるほどと思うことも増えた。だから、人に紛れて生きることは、俺にとってはより強くなるための修行のようなものだ」

「なるほど……！」

正路は感心して司野の整った横顔を見つめた。

「松岡さんが言うように、今の言葉でぶっちゃければ、司野は『超絶イケメン』ってことになるんだろうけど……そして、実際、凄《すご》くかっこいいし、一緒に街を歩いたら、みんな振り返って二度見とか三度見とかしてるけどさ。そのくせ急にふっと姿が見えなくなって、慌てて捜さなきゃいけなくなるのは、もしかして」

「気配を消す稽古《けいこ》をしている」

「気配って、わざと消せるんだ⁉」

驚く正路に、司野はむしろ意外そうに切れ長の目を見開く。

「何故、驚く」

「何故って」

ポカンとしている正路の顔をチラと見て、司野は面白そうにニヤッと笑った。

「平安の世で辰冬の従者をしている頃は、どこにいても何をしていても主《あるじ》より遥《はる》かに目立って、『お前は秘密の使者にはまったく向かぬな』と、辰冬に苦笑いされていた。現世で野に放たれても長らくそのコツが摑《つか》めなかったが、実を言えば、お前が来たせいで格段に上手《うま》くなったんだがな」

「えっ？」

意外過ぎる言葉に、正路の頭が枕から離れる。だが司野は、ますます愉快そうに片方の口角だけを吊《つ》り上げた。

「もしやお前、無意識に存在を消しているのか？　だとしたら、とんだ才能だな」

「逆に、意識して消したことなんかないよ！」

いつもは穏やかな正路だが、「存在を消す」という言葉についナーヴァスになり、出会って初めて、司野を軽く睨《にら》みつける。

「僕はこれまでいつだって、教室の人たちや職場の人たちに空気扱いされてきたんだ。みんなが楽しく喋《しゃべ》ってるときに、話題に入っていくのが凄く苦手で、かといって自分から話を始めるほどネタの持ちあわせも勇気もなくて。そもそも自分から人に話しかけるのが苦手で」

「ほう？　店に来た連中には、無闇に愛想よく振る舞っているのにな」

「それは、居酒屋バイトで鍛えられたおかげだよ。『挨拶《あいさつ》は元気よく、返事も元気よく、皆様に明るさと活力を与えられるように！』ってのが、毎日のミーティングで言われることだったんだ。僕なりに精いっぱいそうしようと頑張ってたけど、やっぱり店でも空気……あ、いや、空気どころかむしろ気配がドンヨリしてたみたい。それが、居酒屋をクビになった理由だよ」

　はあ、と自己嫌悪の深い溜《た》め息と共に、空気の抜けた風船のように、正路は力なく枕に頭を預ける。

　だが司野は、意外そうに言葉を返した。

「人間どもは、やはり愚かだな。お前のその特性を生かせぬとは」

「はい？　特性？」

「意識せずとも気配が薄いなら、目立たず、人に気付かれず行動できる」

「それは、そうかもね。裏を返せば、店で注文したり買い物したりするとき、『すいませーん』って声を上げても、店員さんになかなか気付いてもらえなかったりするけど」

　正路の自虐など微塵《みじん》も気に留めず、司野は真顔で言葉を継いだ。

「それはむしろ、お前が己の存在を、己の意思を、外に向かって打ち出すことが不得手だからだ」

「ウッ」

痛いところをつかれて、正路は口ごもる。

「そしてそれは、稽古でどうにかなることだ。気配を消すより、出すほうが遥《はる》かに容易いはずだぞ、正路」

「そんなに簡単じゃないよ、自己主張なんて。僕にとっては、だけど。僕は司野と違って地味な外見だし、身体も声も小さいし、アピールできることなんか何もない」

「阿《あ》呆《ほう》めが」

司野は仰向《あおむ》きのまま、横目で正路をジロリと見ると、面倒臭そうに片手を上げた。

そして、軽い膨れっ面をしている下僕の眉間《みけん》を、指先でごく軽く弾《はじ》いた。

「あだッ」

それだけのアクションで、正路は眉間を押さえて苦悶《くもん》の声を上げる。

大袈裟《おおげさ》に振る舞ったのではなく、痛みより、電流が眉間から脳に迸《ほとばし》ったような衝撃を覚えたのだ。

「司野、酷《ひど》いよ。ビリビリッて来た」

思わず抗議の声を上げた正路に、司野は素っ気なく命じた。

「その感覚を覚えておけ」

「その感覚って？」

正路は、片肘《かたひじ》をついて軽く身を起こし、もう一方の手でまだ眉間を押さえたままで首を傾げる。

「そこには『第三の目』がある。幾度か、開く稽古をしただろう」

「あ、うん」

正路は、自分の眉間を指先でさすった。

司野の下僕になって間もない頃、司野は正路にオルゴールを「読む」練習をさせた。

普段使っている眼球ではなく、眉間のあたりで皮膚の下に埋もれている「第三の目」を使うことで、古い器物に宿る魂、つまり『付喪神の正体』を見極める技術を、正路は司野から教わったのだ。

以来、時々同様の練習を重ね、「第三の目」を開くこと自体は少しスムーズにできるようになった。ただし、器物を「読む」技術はまだまだだし、いったん開いた「第三の目」を上手に閉じることができず、いつも司野に閉ざしてもらう体たらくである。

「まさか、人と話すときにも、『第三の目』を開けろって？」

「そこまでしろとは言わん。だが、そこに物事の本質や人間の本性を見抜く目を持っているのだと意識して、他人に相《あい》対してみろ。必ずや、違いが出るはずだ。お前の意思は、その『第三の目』から放たれ、相手の心に突き刺さる。矢のようにな」

「……そういう、ものかな」

「主を疑うか。不敬だぞ」

「ごめんなさい！　そ、そうだよね。せっかくアドバイスしてくれてるのに。努力してみる」

「そうしろ。だが、普段はいつものうつけたお前でいろ。弱き者は、気配を消していたほうがむしろ安全だからな。お前はそうは思わんようだが、その『空気』でいるというのは、なかなか大した才だぞ。大事にすべきだ」

「まさか、そんなことでご主人様に褒めてもらえるとは思わなかったよ」

　正路は、再び枕に頭を戻し、身体から力を抜いた。

　自分の引っ込み思案や存在の薄さを評価されたことは初めてで、しかも褒めてくれたのが、存在感の塊のような司野だということに、時間が経つとジワジワ可笑《おか》しさと嬉《うれ》しさがこみ上げてくる。

「隣の芝生、かあ」

「何だ？」

「諺《ことわざ》に、『隣の芝生は青い』ってあるだろ。人間だけじゃなく、妖魔《ようま》も、自分が持ってないものが羨《うらや》ましいのかなって」

「俺は別に、まったく、断じて、お前を羨んだつもりはないがな」

「……そうでした。嬉しすぎて、つい調子に乗っちゃった」

正路は謝りながらも、クスリと笑った。

物心ついたときからずっと、マイナスポイント、嫌悪すべきもの、克服すべきものだと言われ、自分でもそうだと思い込んでいた内気な性質を、「大事にすべき」ものだと言ってもらえたのが、自分で思う以上に嬉しかったのだろう。

正路のすっかりリラックスした全身から、ほんのりと金色の光が放たれ始める。

それこそが、正路の「気」の発現だ。

司野は、獰猛《どうもう》な肉食獣のように、チロリと舌なめずりした。

「何だ、俺にわずかばかり褒められたのが、そんなに嬉しいか」

「……嬉しいよ。誰かに褒められることなんて、全然ない人生だったから」

司野の腕が伸びてきて、グッと抱き寄せられる。

初めて同衾《どうきん》した夜こそ、「気」を奪うために正路の身体を犯そうとした司野だが、正路が渾身《こんしん》の力を振り絞って拒んで以来、再びそんな蛮行を繰り返す気配はない。

身体に触れられた瞬間は反射的にビクリとしてしまうが、腰を抱く司野の手は、性的な動きはしない。ただ「気」を効率良く摂取するために正路の身体を自分に密着させておくことだけが目的なのだ。

(意外と妖魔ってそういうところ、紳士的なんだな。いや、契約に忠実なだけかな)

正路は努めて身体から力を抜きつつ、考えを巡らせた。

出会った夜、司野は正路の命を助け、ボロボロになった身体を修復する見返りとして、自分の下僕となり、「餌」となるよう要求してきた。

生きたければその条件を呑《の》むしかなかった正路だが、彼にとっては、セックスは互いの愛情を交わすための行為であり、決して「餌」になることではない。

そんな正路の拒否理由を、司野は苛立《いらだ》ちつつもしぶしぶ受け入れた。

「人間の言葉には、見解の相違がつきものだ。そのせいで、抜け穴のない契約を交わすのが難しい」

彼が時々ぼやくことだが、まさにこれはその典型例だろう。

とにかく、こうしてただひとつの布団に入り、身を寄せ合って「気」を提供するだけで司野に許されている現状に、正路は大いに感謝し、安堵《あんど》している。

話が途切れると、室内は急にしんと静かになる。

深夜になると自動車の往来もほぼなくなり、近所の公園に住んでいるのか、夜に鳴く鳥の声が、微《かす》かに聞こえてくるだけだ。

闇を柔らかく照らす自分の「気」を、未《いま》だに信じられない顔つきで眺めながら、正路は小声で問いかけた。

「僕の『気』は、そんなに美味《おい》しい？」

いつしか目を閉じていた司野は、そのまま、吐息に軽く声を乗せた。

「ああ」

「司野がさっき作ってくれた、あのお店でも出てこないような美味しい焼きシュウマイより？」

「比べものにならん。人間の『気』は……特にお前の『気』は、まさに甘露だ。この仮の器の隅々まで滲《し》み通る」

「そんなに？　僕にとっての蜂蜜《はちみつ》みたいなものかな」

「近いかもしれんな。こうして、極上の『気』を味わっていると、お前を見つけた夜の、お前の血肉の味を思い出す。あれもまた……」

「その話題からは積極的に離れようよ。僕の手足をもいで食べるのは、辰冬さんとの契約違反なんだろ？」

「そのとおりだ。腹立たしいことにな」

口調には軽い憤りがこもっているが、正路の「気」で気分がよくなっているのだろう、司野の横顔は彫像のように穏やかだ。

会話を続けても大丈夫そうだと踏んで、正路はさっきの話を蒸し返してみた。

「それで司野は、辰冬さんから龍笛《りゅうてき》の吹き方を教わったの？」

司野は軽く眉《まゆ》をひそめたものの、やはり目をつぶったままで肯定の返事をした。

「ああ。誓って俺が教えてくれと頼んだわけではない。あいつが教えたがったんだ。『お前が龍笛を吹けるようになったら、わたしは篳篥《ひちりき》か笙《しょう》で合わせよう。お前と共に楽を奏でるのは、さぞ楽しかろう』と言ってな。ろくでもないことばかり思いつく、厄介な男だった」

　司野が真似る亡き主の語り口は、どこまでも穏やかで、柔らかい。

　それを聞いているだけで、正路には、司野が辰冬に確かに慈しまれていたのだと感じられるのに、当の本人がまったくそう思っていないらしいところが、少し可笑しく、同時に切ない。

「じゃあ、ご主人様に教えてもらって、一生懸命練習したんだね」

「一生懸命？　まさか」

「サボった？」

　正路の質問に、司野は小さく肩を竦《すく》めた。

「龍笛には、歌口と、七つの指孔《ゆびあな》がある。いずれも、竹に孔を穿《うが》っただけの単純な構造だ」

「さっき持たせてもらったときに見た。確かに。音を出すのは、難しそうだね」

「指孔の押さえ方で音が出なくなったり、音色が変わってしまったりする。歌口に息を吹く角度や強さでも、音は変わる。低音の『和《ふくら》』と高音の『責《せめ》』は、運指ではなく、息で吹き分けねばならん」

「難しそうだ」

「難しい。加えて、当時の俺は、今よりずっと短気で癇癪《かんしやく》持ちだった。今の寛大な俺からは想像もつかんだろうが」

　そこで目を開けた司野は、じろっと正路を横目で見やる。

冗談だか本気だか判断がつかず、正路は曖昧《あいまい》に頷《うなず》いてみせた。

「じゃあ、練習を拒否したりもした？」

「それどころか、よく辰冬に押しつけられた笛をへし折ったな」

「うわ。辰冬さん、怒っただろ？」

「怒りはしなかった。あれの怒った顔を、俺は一度も見たことがない」

　正路は意外そうに、問いを重ねた。

「もしかして、初心者用の安い笛だったりしたのかな？　だから、壊されても怒らなかった？」

　司野は遠い記憶をたどるように、視線を網代《あじろ》編みの天井に向け、独り言めいた呟《つぶや》きを漏らした。

「辰冬は、俺がへし折って庭に投げ捨てた笛を拾っては、修繕を試みていた。膠《にかわ》、続《そく》飯《い》、松脂《まつやに》……素材は色々だったが、管を継いでも、再びまともに鳴るようにはならなかった」

正路は、優しい眉を曇らせる。

「それは悲しいな」

「辰冬も、折れた笛を手に、悲しげに項垂《うなだ》れていた。俺は、いい気味だと思った」

「酷《ひど》いな！」

「昔の話だ。気易く主《あるじ》を詰《なじ》るな。『妖魔に笛を教えるなどと、酔狂かつ無駄なことを試みるからそんなことになるのだ』と、鬼の首を取ったようにまくし立てる俺に、辰冬は静かにこう言った……」

『確かにこの笛は名品にはほど遠い。それでも、繕いながら大切に使ってやりさえすれば、何十年と保《も》つものだ。人の手から手へと受け継がれるたびに味わいを増し、いつかは趣深い音を奏でる笛になれたかもしれぬ』

司野は決して、辰冬を大袈裟《おおげさ》に演じようとしているわけではない。ただ、イントネーションや声音を軽く模倣しているだけだ。

それでも正路には、耳元で、辰冬自身の声が聞こえたような気がした。

（会ったことはないし、声だって直接聞いたことなんかないのに。どうしてそんな風

に思うんだろう）

　正路は、不思議に思いつつも、ただ無言で司野の話に耳を傾ける。

『あらゆるものに、命は宿る。人であれ、獣であれ、虫であれ、草木であれ、妖魔《ようま》であれ……時には器物にすら、命が宿りうる。お前は、いっときの苛立ちで、ただ笛をへし折ったのではない。命の器を、いつの日かそこに宿ったかもしれぬ魂の住み処《か》を壊したのだ。それは、とても罪深いことだよ、司野』

　目を閉じて聞いていると、やはり耳元で辰冬自身が囁《ささや》きかけてくるようだ。そう感じつつ、正路はゆっくり瞼《まぶた》を開けた。

　司野は相変わらず、天井を見上げている。だが両目の焦点は、どこか果てしなく遠い場所に結ばれているようだった。

「そう言われて、司野はどうしたの？」

「ふて腐れた」

「ふふっ。あ、ごめん。でもちょっと想像がつくかな」

「うるさい。説教された俺はむしゃくしゃして言い返した。それがどうした。俺はお前に捕らえられるまで、人間を引き裂いて喰《く》らっていた妖《あやか》しだぞ。細い笛の一本を壊し、そこに宿ったかもしれない命を宿無しにしたところで、それが何だというんだと。心底、そう思っていた」

「……うん」

「だが辰冬は、それきり何も言わず、ただ折れた笛を後生大事に抱いて去って行った。滅多にない落ち込みようだった。だが、翌日にはケロリとしてまた新しい笛を俺の前に置いた。俺はまたへし折った。その繰り返しだ。結局根負けして、それなりに吹けるようになってしまった。もっとも、合奏などは真っ平御免だったがな」

「しなかったんだ？」

「するものか。あいつを喜ばせる趣味など、俺にはなかった。……だが、今の世に放たれ、再び大造さんに龍笛を見せられたとき、不思議な感慨が押し寄せてきた」

「……どんな？」

正路は言葉少なく、そっと訊《たず》ねてみる。司野は言葉を探すように数秒考えてから、ぽつりと答えた。

「懐かしい、と」

正路は思わず、パジャマの胸元をキュッと摑《つか》んだ。

司野の一言には、正路が軽い眩暈《めまい》を覚えるような長い年月の記憶、そしてありとあらゆる感情が、激しい渦を巻いて凝縮されているように感じられたからだ。

当の司野は、むしろ無感情に思えるほどの平板な調子で話を続けた。

「妖魔には、人間のような細々した感情はない。喜怒楽はあっても、哀などない。だが、大造さんから龍笛を受け取ったとき、異様な胸苦しさを覚えた。もはやこれを折ることはできんと感じた」

「それは、どうして？」

「わからん」

短く切り口上で答えてから、司野は軽く首を巡らせ、正路を真っ直ぐに見る。

「だが、ここに来て、大造さんが、さほど値打ちのなさそうな古い器物を宝物のように扱い、繕うのを見て……そうした器物に魂が宿り、付喪神になっているのを見て、辰冬のあのときの言葉が嘘ではないと知った」

「……うん。このお店には、付喪神たちがたくさんいて、みんな、新しいご主人様が現れるのを待ってるんだもんね。あ、もしかして、司野、付喪神を斡旋《あっせん》する商売を始めたのは、その思い出が原因なの？　笛をへし折った罪滅ぼし、みたいなこと？」

点と点が線で結ばれたように感じて、正路は声を弾ませる。だが司野は、無感情なまでの平板さで即答した。

「俺はお前と違って、そこまで殊勝なたちではない。妖魔に、罪滅ぼしなどという概念はない。それは人間の、自分の罪を帳消しにするための手前勝手な言い草だ」

「う、うう、それはそうかも、だけど」

「だが、辰冬が死んだとき、初めて『命』というものを感じた」

正路の、パジャマを摑んだままの指先に、無意識に力がこもる。

「辰冬さんが亡くなったとき、司野はもう壺《つぼ》の中に封印されてたんだよね？」

「そうだ。捕らえられ、下僕にされて以来、いつか寝首を掻《か》いてやると念じ続けていたあの男に、俺はついに手を下すことができなかった」

ほんの数ミリだけ片眉《かたまゆ》を上げ、司野は目を伏せた。

「壺の中から意識だけを飛ばし、俺はあいつの骸《むくろ》を見ていた。身寄りがなかったあいつを弔う者はなく、骸は野に打ち棄てられていた」

「そんな酷いこと！」

「当時は珍しいことではなかったんだ。俺を奸計《かんけい》で陥れ、ねじ伏せたあの利口な男が。常に身の回りの下らんことのすべてに笑ってばかりいたあの男が、能面のような顔つきの、物言わぬ骸になっていた。ただ一つのちっぽけな命を失っただけで、あいつの骸は、ただの空っぽの『器』に変じていた」

「器……か」

「ああ。その器が壊れゆくのを、俺は壺の中から見ていた。白い肌や赤い血肉をカラスや犬どもが食いちぎるのを。穏やかだった顔が次第に赤黒くぬらぬらと膨れ、やがて粘る泥のようにとろけ、白い曝《さ》れ頭《こうべ》が露出するのを……ついにはそれすら砕けて砂に還《かえ》るまで、俺はただ見ていた。何十年も、見続けていた」

「司野」

もう何と声をかければいいか見当もつかず、正路はやっとのことで司野の名を呼んだ。そして、パジャマから離した手を、司野の広い、冷たい胸の上に置いた。

司野は正路の顔を見やり、意外そうに問いかけた。

「何故、お前が泣く」

「え？」

正路はハッとした。司野に指摘されて瞬《まばた》きした拍子に、涙が頬に流れ落ちる。

「あ、僕、いつの間にか泣いてた。だって、悲しくて」

「悲しい？　誰がだ」

「司野がだよ！」

正路は思わず呆《あき》れ声を出したが、司野はあっさりとそれを否定した。

「俺に悲しいなどという感情はないぞ。さっきも言っただろう」

「だけど！」

「俺はただ、命というのは大したものだ、と感じただけだ。人間は、命が抜ければばただの肉の塊になる。一方で、器物に魂が宿れば、それは人間より遥《はる》かに長い時間を生きる付喪神になる。……確かに俺はあの日、命の器であった龍笛《りゅうてき》を壊した。付喪神になったやもしれない笛をへし折った。それを罪とは今も思わんが、同じことを繰り返そうとも思わん。それだけのことだ。お前が泣くようなことは何もない」

そうだね、とも、そんなことはない、とも言わず、正路はただ黙って涙を拭《ふ》いた。

そして、自分からより近く、肩口に頭を乗せるほど近く、司野に寄り添った。

「……何の真似だ」

「わからない。でも、こうせずにはいられないんだ。嫌じゃなかったら」

「俺にもわからんな」

司野は幾分困惑気味に言葉を返してきた。

「うん？」

「ただの俺の昔話でお前が勝手に泣いて、勝手にへばりついてきて、しかも『気』がいっそう濃く、甘くなった。理由がさっぱりわからん」

言われてみれば、と呟《つぶや》いて、正路は司野のガッチリした肩に額を押し当てた。

自分でも、全身から放たれる金色の「気」が、さっきより強くなっているのがわかる。

淡く輝く金色の光は、正路だけでなく、今は司野の身体をも包み込み、まるで二人を覆う実体のない毛布のようだ。

「でも、悪くはない？」

「そうだな。悪くはない」

司野がそう言うときは、「かなりいい」という意味だと、正路は解釈している。

「僕がいるよ」

正路がそう言うと、司野はギュッと眉根《まゆね》を寄せた。

「言われるまでもない。それがどうした」

司野の言葉は冷淡そのものだが、そのくせ、正路の腰を抱いたままの手のひらが、まるで肉体の存在を確かめるように、僅《わず》かに上下する。

おそらくは無意識のそんな仕草に、正路は微笑んだ。

「何でもない。……ごめん、いっぱい喋《しゃべ》らせちゃって。でも、あと一つだけ訊《き》いてもいい？」

「……何だ？」

「さっき僕がここに入ってきたとき、司野、どうして、押し入れに詰まってたの？　今、この流れで蒸し返すのもどうかと思うんだけど、どうしても気になって」

正路が勇気を出して訊ねると、司野は珍しく返答に詰まり、低く唸《うな》ってから、いかにも嫌そうにボソボソと答えた。

「初めてここで龍笛を吹いたとき、ヨリ子さんに叱られた」

「滅多に怒らない人だったが、そのときはかなり真摯《しんし》に叱られた。『夜に笛を吹いたら、泥棒が来る』と」

「あははは、それ、僕もさっき思ったよ。僕の祖母は泥棒が来るって言ってたけど、祖父は蛇が来るって言ってたっけ。とにかく、夜の笛はよくないものを呼んじゃうんだって」

司野は嫌そうに顔をしかめた。

「お前もか。人間は、下らん迷信を信じる生き物だな。何が来ようと俺が蹴散《けち》らす、気にするなと言ったら、今度は別の角度から叱られた」

正路は、好奇心を最高に刺激され、司野に続きを催促してしまう。

「別の角度って？　どういうこと？」

「単純に、近所迷惑だと」

「あははは、そりゃそうだ」

「たとえ、駐車場と倉庫に挟まれた家でも、龍笛の音は大きいから、三軒向こうまで聞こえるに決まっている、どうしても夜に吹きたければ、押し入れに入って小さな音で吹けと、かつてないほど厳しく言われた」

脳裏に、小柄な老婦人に叱られ、身体を小さくしている司野の姿を想像して、正路は大笑いの発作を死に物狂いでスルーした。それでも、満面の笑みは避けられず、司野にギロリと睨《にら》まれる。

「おい。喜ぶな。過去の話とはいえ、主《あるじ》の不名誉だぞ」

「だって。言いつけをずっと守って、さっきも押し入れに入ってたんだなって思うと……」

「思うと、何だというんだ」

喉元《のどもと》までせり上がっていた「かわいい」の一言を、正路は危ういところで呑《の》み込んだ。

さすがにそれを口にすれば、ただでは済まない確信がある。代わりに、どうにか捻《ひね》り出した一言を、彼は声に出してみた。

「司野は、律儀だなって」

「当然だ。一宿一飯どころではない、宿と飯の大恩があるからな。大造さんとヨリ子さん亡き後も、彼らの評判を落とすような真似はせん」

きっぱりそう言う司野の顔を至近距離で見つめ、正路は真顔に戻って言った。

「司野のそういうところ、凄《すご》くいいと思う。尊敬するよ」

「いちいち言うまでもなかろう。主を敬うのは当然のことだぞ」

「……そうだね」

短く答えて、正路は司野に見えないように俯《うつむ》いて微笑んだ。

辰冬の教育が素晴らしかったのだろう、などとは、言わないほうが今は賢明だろうと思ったのだ。

代わりに彼は、こう言った。

「なんだか、眠くなってきた」

「俺が、『気』を奪っているんだ。当然だろう。安堵《あんど》して寝るがいい。殺すまでは奪わん」

「是非ともお願いします。……じゃ、おやすみ」

やはり、司野からの返事はない。

挨拶《あいさつ》の習慣だけは、辰冬も、大造・ヨリ子夫妻も、司野に導入することができなかったらしい。

そんな頑《かたく》なさもまた司野らしい、と思った正路は、司野の身体が自分の体温で少しずつ温《ぬく》もっていくのを感じつつ、穏やかな眠りに落ちていった。

三章　心のほころび

フリールポライター、松岡由美子が再び「忘暁堂」を訪れたのは、翌週、月曜日の午後のことだった。

「こんにちは！　また来ちゃった」

扉を開けて入ってくるなり、彼女は南部鉄器の火《ひ》箸《ばし》の歓迎の音色に負けずとも劣らぬ潑剌《はつらつ》とした笑顔と声で挨拶《あいさつ》をした。

前回、司野にけんもほろろに追い返されたことなど、すっかり忘れてしまったかのような堂々たる態度である。

予備校の授業が昼過ぎに終わり、帰宅したばかりだった正路は、驚いて、上がったばかりの茶の間から土間の店舗スペースに降りようとした。

だが、レジスターを置いてある机で、どこかから仕入れてきた銀のカトラリーを磨いていた司野は、鋭い声で正路を制した。

「客でもない女を歓迎する必要はないぞ、正路。余計なことをするな」

「うっ、あ、でも」

茶の間と店を隔てる簾《すだれ》を持ち上げたところで司野に叱られ、正路は戸惑ってそのまま動きを止める。

「あら。店長さんの命令には絶対服従なの？　今どき古風ねえ。とと、危ない危ない。通路に飛び出してるの、何これ？　もう、品物がゴチャゴチャすぎて、何が何だかわからない。前衛アートみたい」

松岡は前回来たときと同様、伸縮性の高そうなパンツスーツに身を包み、言葉ほど「危な」くはなさそうな軽い身のこなしで、通路をスタスタと歩いてくる。

「おい。この店に、ただ騒ぎ回るだけの人間は必要ない。出て行け」

椅子に座ったまま、司野は剣呑《けんのん》な口調で言った。

少しも声を張り上げてはいないのだが、簾を持ち上げたままの正路が全身をビクッと震わせるほど、声音には鞭《むち》で打つような鋭さがある。

しかし、松岡のほうは、笑顔を少しも崩さず、歩みを止める気配もない。

恐怖を感じるスキルがないのか、あるいは、もっと恐ろしい目に遭ってきたのか。

判断がつかず、正路が息を呑《の》んで見守る中、彼女は司野がいる机の真ん前までやってきてしまった。

「お前の知能では、俺の言葉が理解できないのか？」

もはや客ではないと確信しているので、司野も今日は最初から「お前」呼ばわりの上、躊躇《ちゅうちょ》なく喧嘩《けんか》腰である。

「ちょ、ちょっと司野、さすがにそれは」

正路はようやく簾から手を離し、土間へ飛び降りることはやめて、司野がいる机の後にある短い階段からそろりと店に出た。二人の間に割って入る度胸はさすがになく、司野の背後にそっと立つ。

司野の頭越しにごく控えめに目礼した正路に、こちらは派手なウインクと手振りで応《こた》えて、松岡は、人懐っこい笑みを浮かべたままで司野に相《あい》対した。

「ねえ、この真ん中の通路、もうちょっと幅を広く取ったほうがいいんじゃない？　私はさほど太ってないけど、それでも余裕はあんまりないわよ」

司野は松岡の顔を睨《にら》みつつ、カトラリーと磨き布を机に置いて腕組みした。

「俺の店のことは、すべてにおいて俺が好きにする。店の規格に合わない人間は、その時点でもはや客ではない」

「うっわ、独裁。かっこいい人が言うと、似合っちゃうのがヤバいわよね」

呆《あき》れたというより冷やかす口調でそう言うと、松岡は後ろ手に持っていたものを司野に示した。

「じゃーん。今日は、先日借りた傘を、わざわざ返しに来たのです。もうちょっと優しくしてくれてもいいんじゃないかしら」

それは前回、去り際に彼女が持ち去った、顧客のために用意してある置き傘の一本だった。よくあるビニール傘だが、きちんと乾かし、張り地を綺麗《きれい》に巻いて形を整えてある。

「あっ、わざわざ持って来てくださったんですか？　ありが……」

正路は手を伸ばして傘を受け取ったが、司野は険しい顔で、下僕が口にしようとした感謝の言葉を遮った。

「礼を言う必要などない。その傘は、俺が貸したのではなく、お前が強奪したものだ。傘一本とはいえ、窃盗に変わりはない。通報されなかっただけでも、むしろありがたく思え」

「むー、今回も歩み寄り失敗かあ。超絶イケメン店主さんは、そこいらのヤクザさんよりずっと、心の殻が分厚いのね」

「なんだと？」

「こういう気さくな無礼者アプローチ、無愛想でとっつきにくい人ほど面白がってもらえる可能性が高いし、懐に潜り込みやすいってのが、私のこれまでの経験からの必勝パターンだったんだけど、今回は見事に読み違え。まだまだ未熟だなあ。ゴホン！」

空気を変えるために大袈裟《おおげさ》な咳払《せきばら》いを一つして、松岡は背筋を伸ばした。さっきまでの開けっぴろげな笑顔が、一瞬にして真顔に変わる。

　正路はその変化に大いに驚いたが、司野は髪の毛一筋すら動かさず、ただ松岡を見据えている。

　彼女は司野に向かって深く一礼すると、前回、正路にしたのよりずっと丁重に、司野に向かって両手で名刺を差し出した。

「改めまして。二度にわたるアポなしでのお伺い、ならびに先ほどまでのご無礼は平にご容赦ください。フリールポライターをやっております、松岡由美子と申します」

　さっきまでの無礼な振る舞いは、本当に「フリ」であったらしい。恐ろしくビジネスライクな、礼儀正しい口調でそう言い、軽く頭を下げて名刺を保持したまま、松岡はピタリと動きを止める。

「司野、あの、せめてお名刺だけでも」

　正路は、決死の覚悟で身を屈《かが》め、司野の耳元で囁《ささや》いた。途端に、強い眼光が今度は正路の目を射貫《いぬ》く。

「なんだ、正路。お前まさか、俺の知らないところで、この女と通じていたのか」

「ま、まま、まさか！　通じていたのかって、そんなわけないだろ！　松岡さんに会うのは、司野と同じでこれが二度目だよ」

「ならば、何故この女を庇《かば》う。俺を裏切るつもりか」

「庇ってるんじゃなくて、ええと……」

司野にそんな風に厳しく咎《とが》められると、正路はたちまち気持ちが萎縮《いしゅく》して、言葉が出なくなってしまう。

妖魔《ようま》であるが故に裏表がなく、お愛想など死んでも言わず、常に本心を語る司野は、他人とコミュニケーションを取るのが苦手な正路にとって、「額面どおりに言葉を受け取っていい」という面ではむしろ楽な相手だ。

だからこそ、司野だけには自由に、そして彼にしてはかなり饒舌《じょうぜつ》に話ができるようになってきた正路だが、未《いま》だに、この激しい怒りにだけは馴染《なじ》むことができない。

今も、本当は、「ルポライターをあまり邪険に扱うと、この店のことをメディアで悪く書かれて、理不尽な目に遭うかもしれない。少しくらいは気をつけたほうがいいのではないか」と伝えたいのだが、何しろそのルポライター本人が目の前にいる上、司野は明らかに立腹した状態だ。

松岡に本心を気取《けど》られず、司野に冷静に警戒を促す……などという高等な話術が備わっているはずもなく、正路としては、意気地なく項垂《うなだ》れることしかできないのである。

だが、松岡のほうは、名刺をすぐに受け取ってもらえないことなど予測済みだったのだろう。いったんそれを引っ込めると、バッグから出した小さな包みの上に載せた。

そして、今度はその包みごと、司野に差し出す。細長い箱を、ごくシンプルに包装したものである。

「強奪した傘のお礼と、先日の失礼のお詫《わ》び、そしてご挨拶《あいさつ》の気持ちです。受け取っていただければ幸いです」

「それだけのことをすべてまとめたにしては、小さな包みだな」

「し、司野」

慌てる正路をよそに、松岡は顔を上げて、ちょっと笑った。

「だって、『大きな葛籠《つづら》』には、昔からよくないものが入っていますから」

そんなウイットに富んだ切り返しに、初めて司野の眉間《みけん》の不機嫌な縦皺《たてじわ》が消えた。

「ふん。『小さな葛籠』、つまり正解だけをご丁寧に持参したというわけか」

「それも、私の気持ちのうちです。確実に美味《おい》しいものを……ええと、私がそう思うものを予約して買ってきました」

正路は驚いて松岡の顔を見た。

「わざわざ予約して？」

「お店に行っても、なかなか買えないから。確実を期して、最初に追い返された日にすぐ予約を入れたの。とっても美味しいマーブルクッキーだから、食べてほしいな」

さすがに正路にはタメ口だが、それもずいぶん落ち着いた口調になっている。

「入手しにくいマーブルクッキーといえば……『山本道子《やまもとみちこ》の店』か」

「大正解！　スイーツ、詳しいですね！」

驚く松岡に、司野はあっさり種明かしをする。

「食ったことはないが、同様の話を顧客から聞いたことがある。『美味しいから、絶対今度、持ってくる』などと言われたが、そういえばそれきりだったな」

司野はブスリとした顔のまま、片手で乱暴に包みを引ったくった。

「頼みもしないうちに持ってくるお前のほうが、有言実行を怠る奴よりはまだマシだ。下と、下の下と比べることにさほどの意味はないが」

辛辣《しんらつ》すぎるコメントを発しつつも、司野は包みを手元に置き、その上に載せてあった松岡の名刺を取った。裏表をさっと見てから、机の引き出しを開ける。

無言、しかもやはり片手でぞんざいに突き出したのは、いつも商談の際、顧客に渡す司野の名刺だった。

「『忘暁堂』店主、辰巳司野だ」

（あ、自己紹介もついてきた！　ちょっと軟化してる）

正路は、ほっと胸を撫《な》で下ろす。

安堵《あんど》の程度は、正路より松岡のほうがずっと勝っていたのだろう。彼女はたちまち笑顔に戻り、丁重に、しかし限りなく素早く名刺を受け取った。

「ありがとうございます！　辰巳、司野、さん。やっとお名前を伺えました。えっと、そちらは」

「あっ、僕は足達ま……」

「お前は名乗らなくていい」

慌てて自分の名を口にしようとした正路を冷淡に遮り、司野は小さく顎《あご》をしゃくった。

「菓子の分くらいは喋《しゃべ》っていくがいい」

そんな言葉と共に、彼が蹴《け》とばしたスツールが、机の下から松岡の前に飛び出す。

座っても構わないという乱暴過ぎる意思表示だが、松岡は嬉《うれ》しそうに礼を言い、それに躊躇《ためら》いなく腰を下ろした。

「ありがとうございます！　じゃ、お言葉に甘えて」

このチャンスを絶対にものにするという、並々ならぬ気合いが正路にも感じられる。

「で？　この店を取材したい、以外に用事があるなら聞いてやる」

「……取材はやっぱりNGですか？」

「当たり前だ」

「いいお店なのになあ」

いかにも残念そうにそう言って、松岡は背後の器物の山を振り返った。お世辞や戦略ではなく、本心のように正路には聞こえる。

視線を司野に戻した松岡は、司野にこう問いかけた。

「特に期待はせずにお訊《き》きするんですけど、先週来たとき、置いていった雑誌、見ていただけたりしました？」

「雑誌？　そんなものは知らん」

司野はにべもなく答える。

「ええっ？　そーっと、この机の上に置いてから逃げたのに！」

「知らんと言うのに……。おい、正路。お前まさか」

司野に疑惑の目を向けられ、彼の背後から傍らにそろりと移動していた正路は、

「ハイッ」と素っ頓狂《とんきょう》な声を上げた。

「ごめんなさい！　興味を惹《ひ》かれて、つい……。見たら、きっと司野はすぐ捨てろって言うだろうと思ったから、こっそり部屋に持って行って読んじゃった」

「お前という奴は」

「ごめんなさい！　すぐ持ってきます。お返ししなきゃ」

だが松岡は、片手を軽く上げて正路を制止した。

「いいの。サンプルとして差し上げるつもりで持ってきたんだし、よかったら持ってて。どうだった？」

期待を込めた眼差《まなざ》しを向けられ、正路は彼女と司野の視線との間で板挟みの心境を味わいながら、それでも正直に答えた。

「女の子向けの雑誌なんて読むの初めてで。僕、メイクはしないし、ファッションにも興味はないし」

「ああ、そりゃそうよね。男の子にはつまんないわよね。ごめんなさい。愚問だった」

「あ、でも！　付箋《ふせん》がついてたのが、松岡さんの書いた記事ですよね？　あの台湾スイーツのところだけは、凄《すご》く面白かったです。面白いっていうか……ええと」

口下手な正路は、緊張しつつも必死で言葉を探す。

「美味しそう。食べてみたいって思いました」

たちまち、松岡は破顔した。前回来たときの笑顔とは違う、パッと花が咲いたような自然な表情だ。

さっきまでの無礼なまでのハイテンションは、彼女なりの武装というか、緊張の裏返しでもあったのだろう。

「それ、最高の感想！　ありがとう。凄く嬉しい。ああいうの、口コミを右から左へ書くだけのライターもいるけど、私は全部、自分で食べて確かめてから、本当に美味しい店にだけ取材の申し込みをするの。食べ物じゃなくても、必ず下見をする。安い原稿料なのにバカみたいって言われるけど、そこは私のこだわり」

「ああ、それで。味の感想が凄く具体的だったから、食べたくなったんです」

「うーん、嬉しいなあ。本当に嬉しい。ありがたすぎて大好きになっちゃう」

「ええっ」

松岡のストレートな感謝の言葉に、他人から好意を寄せられることに不慣れな正路はドギマギしてしまう。そんな彼の二の腕を摑《つか》んでグイと下がらせ、司野はツケツケと口を挟んだ。

「当然だ。誇るほどのことではあるまい」

松岡は、持ち前の気の強さを隠しきれず、口を尖《とが》らせる。

「それはそうなんですけど！　ド正論バスターは強いなあ。……いえ、それはともかく、私があの雑誌だけじゃなく、ルポライターの仕事をするときの原動力って、『誰かに知ってほしい、伝えたい』って気持ちなんです。グルメでも、ファッションでも、雑貨でも、誰かと分かち合いたくて、一生懸命記事にしてます」

「それがどうした」

「この店だってそうです。『恋愛のラッキーアイテムを売ってくれる、超絶イケメン店主のいる骨董《こっとう》屋さん』っていうＳＮＳの噂を目にしたとき、そりゃ下世話な好奇心がむくむく湧いたことは認めます。こりゃおいしいネタだぞ、逃す手はないぞって思いました」

実に率直に打ち明けて、松岡はチラと司野の反応を見た。
司野の表情は氷のように動かず、何も言わないが、正路は、むしろ松岡の物言いに安心感すら覚えつつあった。

（司野は嘘やおべっかが物凄《ものすご》く嫌いだけど、たとえ失礼でも、本心を話す人にはそんなに腹を立てない気がする。いやまあ、元が怒り気味だから、怖いのは怖いけど）

　さっきも雑誌を隠していたことを打ち明けて叱責《しっせき》されはしたが、それは決して尾を引くタイプの怒りではないと、正路は感じている。

「だけど偵察に来て、店に入った瞬間、ズガーンと来ました。ここに」

　松岡は、自分の心臓よりはやや左過ぎる場所に手を当て、真顔で訴えた。

「正直、骨董店って、もっと優雅なものを想像してました。スッキリした店内に、いかにも高そうで古そうな品物が勿体《もったい》つけて並べてあって、奥のほうに気難しそうな年寄りの店主が、それこそ骨董品みたいに客を値踏みする視線を向けてくる……みたいな」

「ただの偏見だな」

　すかさず、松岡が肯定する。

「そのとおりです。ここに入って、その偏見が木っ端微塵《みじん》に打ち砕かれたのが、驚きと同じくらい快感でした。山積みの品物に圧倒されたし、辰巳さんと足達君がお若いのにも驚きました。でも、ここ、不思議な空間なんですよね。薄暗いし、圧迫感は凄いし、古いもの独特の臭いは少しするし……でも、凄く落ちつく。なんだか懐かしい感じがします」

再び振り返って店内を見回し、松岡はそんなことを言った。正路は、不思議に思って、つい問いを発してしまう。

「懐かしい？　松岡さんは、古いものに囲まれて育ったんですか？」

だが、松岡は器物の山を眺め、笑顔で首を横に振った。

「ううん、全然。都会のマンション育ちよ。だから、思い出補正のかかった懐かしさじゃないの。ただ……変な表現だけど、古くからの知り合いがいる場所に来たみたいな、そんな気持ちになったの」

それを聞いて、司野は僅《わず》かに目を見開いた。幸か不幸か、後を向いている松岡に、その微《かす》かな表情の変化に気付くすべはない。

「古くからの知り合い、か」

だが、司野の声音に、どこか面白がるような響きを感じとったのか、松岡は苦笑いで向き直り、薄い肩を竦《すく》めた。

「実際は、間違いなくはじめましての品物ばっかりなのに、変ですよね。だけど、これは本当に。このお店の独特の温かい雰囲気に、十代の女の子たちにも触れてほしいな、身近にあるのに遠い、違う世界を知ってほしいなって思ったんです。そんな気持ちが先走り過ぎて、つい失礼なことを、色々としちゃいましたけど」

「自覚があるならまだ見込みがあるな。だが、いい加減に本題に入れ。お前の心情になど興味がない」

司野に先を促され、松岡はきちんと座り直し、小さく息を吐いてから話を再開した。

「この店を雑誌で取り上げたい気持ちは、今も変わってないです。だけど、雑誌は色んな人が読むものだから、どんな人がこの店に興味を持つかわからない。冷やかし客がたくさん来てしまって、この店の今の雰囲気が壊れてしまったり、辰巳さんにご迷惑をかけたりするのは、私が望むところじゃないです。もしかしたらティーンズの女の子向けの雑誌は、あまり適切な場じゃないかもしれない」

「わかっているなら諦《あきら》めろ」

取り付く島のない司野のコメントにも、松岡は怯《ひる》まず、強い気持ちのこもった言葉を継いだ。

「今は。だけど、絶対ここのことは忘れないし、諦めないです。いつか、私がここならいけるって思えるような媒体でお仕事がいただけるようになったら、また取材交渉させてください。いえ、嫌がられてもします！」

正路は、心配そうに松岡と司野の顔を交互に見る。

短い沈黙の後、司野は投げやりに「好きにしろ」と言った。

「ありがとうございます！」

松岡は嬉《うれ》しそうに礼を言ったが、司野は無愛想に付け加えた。

「俺にお前の行動を制限する権限はない。気に入らなければ、何度でも叩《たた》き出すだけだ」

「望むところです！」

松岡は笑顔で胸を張る。

（強いなあ、この人。ルポライターさんって、みんなこんな感じなのかな。それとも、松岡さんがとりわけ強いのかな）

正路は眩《まぶ》しそうに松岡を見たが、司野は無慈悲に店の入り口を指さした。

「用事が済んだら帰れ」

「司野。せめて、お茶くらい」

「己の欲で俺の時間を奪った奴を、もてなす必要などない」

「う、うう」

そんな主従のやり取りを興味深そうに聞いていた松岡は、「帰る前に、もう一つだけお願いがあります」と切り出した。

「何だ？」

「辰巳さんが十代の子たちに見立てている恋愛のラッキーアイテム、あれ、恋愛以外のものも……？」

司野はただ面倒臭そうに嘆息する。正路は、躊躇《ためら》いがちに説明を試みた。

「あの、あれ、最初の子にたまさか彼氏が出来たので、『恋愛のラッキーアイテム』って噂が広がっちゃっただけなんです」

「っていうと？」

「正しくは、『心をこめて大切にしてあげさえすれば、幸運を呼び込んでくれるアイテム』です。……合ってる？」

最後のひと言は、司野への確認である。司野は瞬《まばた》きで同意しただけで、正路のほうを見ようともしない。

松岡は、意外そうに目を丸くした。頬のそばかすも手伝って、まるで驚いた子鹿のような表情だ。

「そういうことなんだ。『心をこめて大切にしてあげさえすれば』って、少しだけスピリチュアルな感じがあっていいわね。もし、そうしなかったら？」

「相応の不運に見舞われるだろうな」

今度は、司野がボソリと答える。まるでリトマス試験紙のように素早く反応して、松岡は小さく身震いした。

「ちょっとホラーでもある！　でも、自分が望んで手に入れたものを大切にするのは当たり前のことですよね。あの、だったら、私にも見立てて貰《もら》えませんか？　そのラッキーアイテムっていうの」

「何が望みだ」

　ストレートに問われ、松岡は真顔のまま肩を竦めた。そして、恥ずかしそうに打ち明けた。

「仕事の運を上げたくて」

「仕事の運だと？　お前は、仕事を実力で掴《つか》み取るタイプの女だと思ったが、それこそ俺の見立て違いだったか」

「そんな風に感じていただけていたんなら、嬉しいです。そのつもりです。だけど、今回だけは事情があって」

　そこで言葉を切り、松岡は声を幾分低くして打ち明けた。

「基本的に、今の私がもらえる仕事って、色んなアイテムとかイベントとかの紹介ばっかりなんです。だから、他のライターと差別化をはかるために、できるだけマイナーな、これから化けるかもってネタを探すために、この辺りを歩き回るのがルーティンみたいなものなんです。そこで……この春、ちょっとホラーっぽい、ミステリアスな事件の噂を聞きました。まるで都市伝説みたいな」

「それって、どんな？」

正路の質問に、松岡は両手を合わせて詫《わ》びた。

「詳細は、ちょっと秘密にさせて。興味を惹《ひ》かれてその事件を追ううちに、面白いことがわかってきたんです。事件の真相を明らかにできたら、ううん、真実の尻尾《しっぽ》だけでも摑むことができたら、私がずーっとやりたいと思ってるもっと骨のある、硬派なジャーナリズムの仕事が貰えるかもしれない。週刊誌でも新聞でもいい、犯罪報道に関わりたいんです、私」

司野は皮肉っぽく片眉《かたまゆ》だけを吊《つ》り上げる。

「お前の中では、台湾スイーツの紹介より、犯罪事件の報道のほうが序列が上なのか？」

松岡は慌てた様子で強くかぶりを振る。

「違います！　そういうことじゃないです。今の仕事だって、一生懸命、大好きな気持ちでやってます。ティーンズ雑誌の仕事もタウン誌の仕事も、つまんないと思ったことは一度もないです。だけど……だけど、その」

松岡は、闊達《かったつ》な彼女らしからぬ口ごもり方をして、しばらく唇を嚙《か》んで俯《うつむ》き、黙りこくった。しかし、何かを思いきったのか、再びキッと司野の目を見て口を開いた。

「私が中学二年の冬、父が、仕事帰りに轢《ひ》き逃げされて死にました」

「!」

司野は何の反応も示さなかったが、正路は思わず息を呑《の》む。

「警察の人も一生懸命捜査してくれたんだと思いますけど、犯人はとうとう見つかりませんでした。母が一生懸命働いて、高校まで出してくれたことには凄《すご》く感謝してますけど、やっぱり生活はずっと大変でした。それに、犯人がわからないせいで、母も私も、胸にわだかまる怒りや悔しさ、悲しさをぶつけるべき相手がいないんです。ずっと、自分たちの胸に閉じこめて、たまに我慢できずにたったひとりの大事な家族とぶつかり合ってしまったりして。凄くつらかった。今もつらいです」

「松岡さん……」

自分も数ヶ月前に轢き逃げに遭って死にかけただけに、松岡の告白は、いっそう強く正路の胸を打った。

(もしかしたら……僕も、司野に会えずにあの場で死んでいたら、今の松岡さんやお母さんと同じような思いを、親にさせていたかもしれないんだ)

そう思うと全身が骨の髄から冷たくなり、正路は心密《ひそ》かに、司野に出会えた幸運を改めて噛みしめる。

正路の表情の変化に気づき、松岡は申し訳なさそうに謝った。

「ごめんなさい。他人のこんな重い話、いきなり聞かされたら嫌よね。だけどそれが、私が犯罪報道、事件報道の仕事を目指してる理由なんです、辰巳さん」

松岡は、目尻《めじり》に滲《にじ》んだ涙をさりげなく指先で拭《ぬぐ》うと、司野に告げた。

「序列がどうとか、そういうことじゃないんです。真実を知ることができないのが、どんなにつらくて苦しいことか、私は知ってます。そういう私だからこそ、書ける記事があるはず。そう信じたいんです。そういう仕事に、どうしても就きたいんです。だから、今追ってる事件を明らかにして、記事を書いて売り込むつもりです」

「あてはあるのか？」

司野は、短く訊《たず》ねる。松岡はコックリ頷《うなず》いた。

「幸い、私の雑誌記事に興味を持って、評価してくれている新聞や雑誌の記者さんが何人かいます。そのつてをガッチリ利用して、チャンスを摑みたい。運も実力のうちって言うでしょう？　だから、神頼みだろうが何だろうが、頼れるもの、使えるものは全部使います。ラッキーアイテムだって、その運を招いてくれるなら、是非ともお願いしたいです。大事にします。約束しますから」

司野は、松岡が店に入って来て初めて、下がったままだった口角を微妙に上げた。

「その貪欲《どんよく》さは、むしろ好ましい」

「えっ？」

突然のポジティブな評価に耳を疑う松岡をよそに、司野はガタリと立ち上がった。

「この国の人間は、とかく慎ましく謙虚であることを美徳とする傾向がある。確かに、本心を隠すことは戦略のひとつだ。望みを相手に知らせず振る舞うことで、手に入るものもある。だが……」

　司野は淡々と語りながら、器物の山に近づく。

「欲望は、すなわち力だ。お前の魂の闇からいずる欲は、その深い闇に足を取られさえしなければ、お前を導く力になるだろう」

「辰巳さん……」

「闇と光は表裏一体だ。光がなければ闇は生まれず、闇がなければ、光はその真価に気付かれることがない」

　話しながら、司野は目の動きだけで、松岡にこちらへ来いと命じた。松岡はさっきまでの積極的な態度はどこへやら、おずおずと司野に歩み寄る。

　正路も、邪魔をしないように少し距離を空けて二人の近くに立った。

「さっきお前は、『懐かしい』と言ったな」

「は……はい」

「今、とりわけそう感じる器物はあるか？　馴染《なじ》みのあるなしには関係ない。ただ、素直に懐かしさを覚える器物を探せ」

「馴染みのあるなしに関係なく……？　馴染みがないのに懐かしいなんてこと、あるのかしら」

そんな不安げな独り言を漏らしつつも、松岡は両側にうずたかく積み上げられた器物を丁寧に見ながら、ゆっくりと店の入り口のほうへ足を進める。

正路が固唾《かたず》を呑んで見守る中、やがて彼女は足を止め、ある一点をじっと見つめた。

その小さな顔には、怪訝《けげん》そうな表情が浮かんでいる。

「どうしてだか全然わからないけど、これが無性に懐かしい」

「どれだ」

「これ、です」

松岡が司野と正路に示したのは、店に入って来たとき、彼女が肩をぶつけかけた座卓の上にちょこんと載せられた、小さな扇子だった。

「ふむ」

司野はそれを手に取った。正路も司野の横に来て、彼の手元を覗《のぞ》き込む。

竹の骨を注意深く開いていくと、扇面が見えてきた。

象牙《ぞうげ》色の布地に描かれているのは、水面《みなも》に広がる波紋とささやかな水草、そして三匹のメダカだった。筆致はスッキリしていて、美しいというよりは、愛らしい品だ。

「おそらく一九六〇年代の、子供用の扇子だろう。七〇年代に入ると、この手のものにはプラスチック製が増えるからな」

「七五三なんかに使ったのかしら」

「あまり使い込んだ形跡がないから、そうかもしれんな。こうしたものを、所持していたことは？」

司野に問われ、松岡は「いいえ」と即座に否定した。

「ないです。扇子なんかより、ハンディファンのほうが涼しいもの」

いかにも現代っ子らしい答えに、千年の昔から生きてきた妖魔《ようま》は、ふんと鼻を鳴らす。

「持ってみろ」

「いいんですか？」

ぞんざいに差し出された、開いたままの扇子を丁重に受け取り、松岡は神妙な顔つきで言った。

「どうしてだろう。初めて見るものなのに、持ったらますます懐かしい。ずっと一緒にいたのに、何かの拍子で離ればなれになった友達に、また会えたみたいな気持ち」

「そうか。その懐かしさは、前世の縁のようなものなのかもしれん。あるいは、単に凄《すさ》まじく相性がいいんだろう」

司野は小さく頷くと、あっさりとこう言った。

「それがお前にとっての幸運を招く品となるだろう。持っていくがいい」

「えっ？　これが、私のラッキーアイテム？」

「お前がそれを大切にする限りは。その懐かしみが、いつか確かな縁となり、扇は新たな主《あるじ》から離れることを厭《いと》って守るようになる」

　司野のそんな説明は、松岡にはあまり理解できなかったらしい。それでも彼女は、嬉《うれ》しそうに扇子を見た。

「これが、私の。……あの、いつもこんな風に、ラッキーアイテムを見立てるんですか？」

「お前のように、自分で見つけられる者なら手間はない。だが、俺が見つけてやらなくてはならないこともある」

　司野の返答はシンプル極まりない。

なおも不思議そうに、扇面を指先でそっと撫《な》でていた松岡は、扇子を優しく閉じて、両手で持ったまま微笑んだ。

「実は、ラッキーアイテムなんてデタラメじゃないか、安い値段でガラクタを処分してるだけじゃないかって、そんな酷《ひど》い疑いもちょっとは持ってたんですけど、実際に経験してみてわかりました。そんなんじゃないですね。ごめんなさい」

　言わなければわからなかったことをわざわざ打ち明け、彼女は、なおも旧友との再会を喜ぶように、扇子のすべすべした竹の骨を撫でた。

「古い品物と今の人の間にご縁を結ぶっていうより、見えない糸を見つけて教えてくれるって感じ？　今、そんな気持ちです。大事にします。……あ、でも、お支払い」

「要らん」

既に机の前まで戻っていた司野は、素っ気なく答えた。

「でも」

「お前は、この菓子を持ってきた。それが扇子の代価だ。俺は、借りを作ることを好まん」

司野の手が、置きっ放しだった菓子箱を軽く持ち上げてみせる。

「それは、貸し借りとかそんなんじゃなく……いえ、ありがとうございます」

勘の良い彼女は、司野の厚意はあれこれ言わずに素直に受けるのが賢明だと、これまでのやりとりで察したらしい。ペコリと頭を下げ、華奢《きゃしゃ》な扇子を大事そうにジャケットの内ポケットに差した。

「こうやって、取材の相棒になってもらいます。何だかそれだけで、心強いわ」

司野の前に戻ってきた彼女は、スツールに立てかけて置いてあったトートバッグを肩に掛け、司野と正路に深々と頭を下げた。

「色々とお騒がせしましたけど、今後ともよろしくお願いします。忘れられない程度に顔を出させてください。報道の仕事がもらえたら、また報告に来ます！」

「……来なくていい」

「来ます！　では、失礼致します」

司野は嫌そうな顔をしたが、それに構わず、松岡は晴れ晴れした顔で挨拶《あいさつ》をすると、来たとき以上に颯爽《さっそう》と店を出て行った。

「まったく、人の話を聞かん女だ」

やれやれというように首を振り、司野は再び椅子に座る。正路は、クスリと笑って言った。

「でも司野、松岡さんのこと、ちょっと気に入ったんだね？」

「俺が？」

「でなきゃ、ラッキーアイテムをタダで譲ってあげたりしないでしょ。お菓子が扇子の代価なんて言ってたけど、あの扇子の付喪神が幸せになれると確信しなかったら、渡さなかったはずだもの」

「……まあ、そうだな」

司野はいかにも嫌々といった様子で同意する。

「僕も今日、松岡さんのイメージが変わったよ。テンションの高すぎる、ちょっと失礼な人だなって思ってたけど、もしかしたら松岡さん、僕と同じくらい人見知りなのかも。緊張すると、はしゃいじゃうたちなのかな」

「そんな奇妙な人間がいるのか？　何故わかる？」

正路は、茶の間への階段を上がりながら答えた。

「そんな気がするだけだよ。僕も、人づきあいが苦手で下手だから、通じるものを感じたっていうか……」

「ふん。轢《ひ》き逃げされた仲間としては、親近感を覚えるというわけか」

「そうじゃないけど！　いや、それもちょっとはあるかな。……ねえ、司野。お茶、煎《い》れようか。いただいたお菓子、開けてみる？」

「ああ」

司野が短く返事をしたので、正路は台所へ行き、手を洗う。

菓子の包みを持ってやってきた司野は、ちゃぶ台に向かっていつもの座布団にどっかと腰を下ろした。

「あの女の追っているという事件……」

「うん？　何か言った？」

鉄瓶を火にかけ、茶器を取り出していた正路は、物音で司野の声がすべては聞き取れず、台所から問い返す。

「いや、何でもない。それより、あの女が旨《うま》いと言っていた菓子をつまむ前に、ひと仕事片付けるか」

　司野はそう言うと、菓子の紙箱を端によけ、座布団の脇に昨夜から置きっ放しにされていた細長い木箱を取り出した。

　やや濃い色に変じてはいるが、もともとは白木であったとおぼしきその箱は、これもまた黄色く色褪《いろあ》せた平たい組紐《くみひも》で十字に結ばれている。

「ひと仕事？」

　不思議そうな正路を、司野は指一本で招いた。

「湯が沸くまでの間に片付く。こっちへ来い。少し手を貸せ」

　これまで、「第三の目」を開くための訓練は幾度も受けたが、司野に助力を請われたのは初めてである。

　正路は驚きつつも、少し嬉しい気持ちで「わかった」と返事をして、火を弱めてから茶の間へ行った。

「何をすればいいの？　僕には骨董《こっとう》品の鑑定はできないよ？」

「そんなことは百も承知だ。そこに座れ」

「わ、わかった」

　正路は自分の座布団に正座する。

　司野はぞんざいに、木箱を正路のほうに押しやった。

「開けろ」

「この箱を？」

正路は、自分の前にある木箱をしげしげと見下ろした。

長い辺を縦にして置かれたその木箱は、正路の祖母が、とっておきの花瓶を入れていた箱によく似た大きさと形である。片手では決して扱えないが、両手を使えば易々と持ち歩けるサイズだ。

見るからに古そうではあるが、何の変哲もない……と思われたその箱の、尋常でないところに気付いたとき、正路はギョッとした。

蓋《ふた》は浅くきっちり閉まっていて、その蓋と本体を繋《つな》ぐように、紙製の細長いシールが、四辺に貼り付けられている。

しかもよく見れば、それはただのシールではなかった。

「お札？」

正路の顔にサッと緊張が走る。

紙片に描き込まれているのは、正路には達筆すぎて読むことができないいくつかの文字、そして点と点を線で結んだ幾何学的な模様だった。

似たようなものを、正路はこの店で幾度か見かけたことがある。

「これ、司野が『封印』って言ってたやつじゃないの？」

正路の緊張しきった問いかけに、司野はこともなげに答える。

「そうだ」

「つまりこれ……中に封印しなきゃいけないようなものが入ってるってこと？　妖《あやか》し、的な？」

「そうだ。案ずるな。大したものではない」

「いや、司野にとっては大したものじゃないかもしれないけど、僕はただの平凡な人間だよ？　どうして……」

どうして自分が開けなくてはならないのか、という問いはあまりにもご主人様に失礼だと呑《の》み込みはしたが、正路の顔じゅうに、疑問符が浮かび上がっている。

だが司野は、冷徹に「開けろ」と重ねて命じた。

「早くしろ。湯が沸いてしまうぞ」

正路はごくり、と生唾《なまつば》を呑んだ。

箱の中に妖しが入っていると聞けば、かつてこの店で、器物の一つだった人形を不注意から床に落としてしまい、怒り狂った付喪神に絞め殺されそうになった経験が甦《よみがえ》る。恐ろしさに怯《おび》えた顔つきをしてしまっても、正路が臆病《おくびょう》だとは誰も言うまい。

「開けたら、僕、どうかなっちゃうのかな？」

「どうかなったとしても、俺がどうにかしてやる。いいから開けろ」

「……今ひとつ、いや、全然安心できないけど」

それでも、ご主人様の命令は絶対である。

まして、さっき松岡の父親が轢き逃げされて命を落とした話を聞いたとき、命の恩人である司野への感謝の念を新たにしたばかりでもある。

（司野は、僕をいい餌だって言うもんね。そんな僕を、みすみす殺したりはしないはず。……司野の役に立てるのなら、やるしかないか）

正路は生唾を呑み、深呼吸をひとつしてから、両手でそっと木箱に触れてみた。

乾いた、そして年輪が作る浅い溝の感触があるだけで、特に不快な感じはしない。

（封印のおかげかもだけど。そして、それを今から破るわけだけど）

「こ……この封印、手で破いていいの？」

「構わん」

司野の指示は、これ以上ないほど明快である。

正路は、ぶるぶる震える指を励まして、まず一枚、封印を破ってみた。蓋と本体の僅《わず》かな隙間に爪を差し入れて引けば、薄い和紙は呆気《あっけ》なく破れる。

まず、一枚。

特に何ごとも起こらない様子なので、正路は少し安心して木箱を回転させ、次の辺を自分の正面に向けた。

二枚目の札も、同様に破く。

カサリ。

小さな音が、箱の中から聞こえた気がした。

「し、司野」

「グズグズするな」

たちまち怯える下僕を、妖魔《ようま》は冷淡に叱咤《しった》する。

正路はこの場から逃げ出してしまいたい恐怖心を必死で抑え、三枚目の札を破く。

ガタッ。

今度は確実に、何かが箱の中で動いた。

「うわあッ」

「うるさい。勿体《もったい》をつけていないで、とっとと箱を開けろ」

「で、でも」

「死にはせん」

（そんな最終ラインだけ保証されても！）

言いたいことは山ほどあるが、厄介なことに、全身で味わっている怖れの根底に、ひとかけらほどの好奇心が疼《うず》いていることに、正路はうっかり気付いてしまった。

箱の中に何が入っているのか知りたい。

開けたら何が起こるのか知りたい。

そんな厄介な好奇心が、臆病な自分のどこから生まれてくるのか。

正路は、自分自身に頭を抱えた。

あるいは司野と出会ってから、予想外のこと、信じられないことばかり経験しているせいで、心がおかしな風に慣れてしまったのかもしれない。

（何しろ、死にかけてるときに、自分の脚をもりもり齧《かじ》られて、食レポまでされたんだもんね、僕。あれ以上酷《ひど》いことはそうそう起こらない気がする）

世界中の誰も、あのときの正路のような経験をしたことはないだろう。そう思うと、妙に気持ちが落ちついてくる。

（あれよりはマシ。絶対にマシ）

自分にそう言い聞かせ、正路はついに最後の一枚を自分の真正面に置いた。

他の三枚よりさらに慎重に、最後の札を爪でピリピリと破いていく。

（もう少し。あとは、蓋を開けるだけだ）

しかし、爪が札をすべて破いてしまうと同時に、正路は思わず声を上げた。

彼が開けるまでもなく、頭上の電灯の傘にぶつかるほどの勢いで、固く閉じていたはずの蓋が飛んだのである。

司野を見る余裕もなく、次の瞬間、白木の箱が砕け散る。

「わあっ」

姿を現したのは、まさに陶器の花瓶だった。

すべすべした胴体はわずかに丸みを帯びていて、口の部分が窄《すぼ》まっている。あまりたくさんの花は生けられなそうだ。

紺に近い、濃いブルーの釉薬《ゆうやく》が、ぼってりした表面を艶《つや》やかに輝かせている。口のあたりに金継ぎのなだらかな曲線が入っているのが、むしろもとからあった装飾のように美しい。

だが、それをじっくり味わうゆとりは、時間的にも精神的にも、正路にはなかった。

「え……？」

花瓶の口から、何やら鰻《うなぎ》のような長い物体がニョロリと姿を見せたのである。

（な……何だ？　魚？　いや、これは）

見てくれこそ鰻っぽかったが、それよりはずっと太く、ぬるぬる動く筒状の胴体は闇を煮しめたように黒い。そのせいで、目があるのかどうかすらわからない。

まん丸な頭部とおぼしき先端が正路の鼻先でパックリ上下に開くと、内部には奥のほうまでびっしりと、長くて鋭い、白々とした牙《きば》が並んでいた。

(司野が言ってたとおり、こいつは妖《あやか》しだ！)

正路の目の前で、化け物は振り子のように大きく先端を振り、大きな口を開けたり閉じたりしてみせる。

ナンセンスなホラー映画でよく見る、人間を襲って食べる怪物のようだ。ただ、映画ではユーモラスにさえ映るであろうその外見と動きは、現実世界では恐怖の対象でしかない。

「う、そ……うわああッ！」

呆然《ぼうぜん》としていた正路は、ハッと我に返って花瓶、いや、その中から現れた妖しから逃げようとする。

だが、驚きと恐怖で身が竦《すく》み、手足が戦慄《わなな》いて意味のある動きをしてくれない。ただジタバタと溺《おぼ》れる人のように畳の上でもがくだけだ。

「ああああ……！」

口の中が瞬時に乾き、舌が干涸《ひか》らびて、言葉すらろくに出てこない。喉《のど》から迸《ほとばし》るのは、獣のような絶望の叫びだけだ。

(喰《く》われる……！)

恐ろしさに目を閉じたいのに瞼《まぶた》すら意のままにできず、正路は、妖しの胴体が鞭《むち》のようにしなり、裂けんばかりに開いた口が、その中にびっしり並んだ鋭い牙が、自分に向かってみるみる近づいてくるのを、ただ凝視していた。

しかし。

正路の顔面に深々と妖しの牙が突き刺さると思われたそのとき、司野が片ひざをついて、虫でも捕まえるような調子でヒョイと妖しの胴体を摑《つか》んだ。

ぎゃあとも、があともつかない声が、妖しの口から迸る。本物の鰻よろしく、激しく身をくねらせて抵抗する妖しを、司野は易々と花瓶から引き抜いた。

「ようやく出てきたか」

そう言うが早いが、司野は信じられない行動に出た。

口を開けたかと思うと、彼はそのまま妖しの頭部に齧り付いたのである。

「あ……あ、あ、ああ！」

（嘘だろ。そんなこと、できるはずが……うわ）

言葉にならない声を上げ、正路には驚愕《きょうがく》することしかできない。

両手で妖しの長い胴体をしっかり摑み、抵抗を封じ込めた司野は、喉の奥に少しずつ妖しの身体を送り込んでいった。

司野の美しい顔は激しく歪《ゆが》み、顎《あご》が外れたのではないかと思うほど大きく開いた口で妖しの太い胴体を嚙《か》みしめ、ブチブチと食いちぎる。

司野の喉の奥から迸る妖しの苦悶《くもん》の声が、正路を震え上がらせた。

捕食。

そんな言葉が、脳裏をよぎる。

（これが……妖しが、妖しを食べるってことなのか）

畳の上に尻餅《しりもち》をつき、どうにか両手で身体を支えるのがやっとの正路をよそに、司野はついに妖しをすべて身の内に収めてしまい、「ふう」と息をついてシャツの袖《そで》で口を拭《ぬぐ》った。

「思ったより大物だった。しかも、すこぶる味が悪い」

そう吐き捨てて、司野は顰《しか》めっ面で花瓶に手を伸ばした。

正路は、わずかに湧き出す唾《つば》でどうにか舌を湿し、言葉を絞り出す。

「だ……だい、じょうぶ？」

「何がだ」

「司野がだよ！　あんなの食べちゃって、平気なの？」

まだ身体が思うように言うことを聞かず、畳の上を這《は》って、正路は司野に近づく。

だが、当の司野は、平然として答えた。

「お前たちが不味《まず》い食い物を食ったときと同じだ。気分は悪いが、すぐに消化され、俺の一部になる。それだけのことだ。殺してもよかったが、喰ったほうが、少しなりと俺の役に立って、あの妖しも嬉《うれ》しかろう。お前たち人間が持てはやす、サスティナブルとかいう奴だ」

「サスティナブルって、そういうことだっけ……？　まあいいや、それはともかく、どうして僕に箱を開けろって言ったの？」

「お前を餌にした」

「……は？」

司野は、満足げに花瓶の滑らかな胴体を撫《な》でながら言った。

「これは、他の古物商から無料で譲り受けたものだ。『呪いの花瓶として代々箱にしまい込まれたままだったという代物だが、いい品だ。面白い話のタネになるだろうと仕入れて客間に飾ったところ、そこへ入っていったきり、猫が出てこない。家じゅうどこにもいない。まさか喰われたのではないか』と不気味がっていた」

「ヒッ」

「確かに上物の花瓶だ。そして、中に妖しが潜んでいることはすぐにわかった。だから俺はこいつを引き取って持ち帰ったんだ」

司野がすっかりいつもの彼に戻り、平然と話すのを聞いているうちに、正路も少しずつ落ち着いてくる。

畳の上に直接座り込み、正路はすぐ傍で花瓶を愛《め》でる司野を、半ば呆《あき》れ顔で見た。

「猫が食べられたってのは、じゃあ、本当？」

「おそらくな」

「うわあ……。その妖しってのは、さっきの太い鰻みたいのだよね？　付喪神とは違うの？」

「違う。あれは単なる下等な妖しだ。さほどの力はない。ただ、花瓶の中に潜り込まれては、人間の術者どもには手も足も出なかっただろう」

「あ、それで、箱ごと封印されてた？」

「そういうことだ。苦肉の策というやつだな」

「……わかってきた。もしかして、妖魔《ようま》の司野でも、その花瓶から妖しを力尽《ちからず》くで引っ張り出すことができなかったんだね？」

　正路の推測は、正しかったらしい。司野は不愉快そうに眉《まゆ》をひそめて肯定した。

「何しろ、花瓶の口が細すぎて、手が入らんからな。かといって、花瓶を割ってしまうのはいかにも惜しい。それで、とりあえず再び箱に封印を施し、そのまま忘れていた。昨夜、品物を整理していて、ふと目についてな。お前がいるなら、それを活用しない手はなかろうと」

「僕に開けろって言ったのは、司野だと怖がって出てこない妖しが、僕だったら餌だと思って出てくるだろうと思ったから!?」

「お前は、たまに勘が良《い》いな」

司野は満足げにニヤリとして、花瓶を卓上に置いた。

「長らく封じておいたから、妖しも腹が減っているだろう。封印を解かれ、目の前にお前がいれば、いてもたってもいられず飛び出して喰らいつくと踏んだ」

「そこを捕まえて、逆にむしゃむしゃ食べちゃったと」

「ああ。お前は知らんだろうが、低級な妖しほど不味いんだ。久々に喰ったが、どうにも胸焼けがするな」

正路を餌に使ったことは少しも悪いと思っていない様子で、司野はみぞおちのあたりを擦《さす》ってみせる。まるで人間そのものの仕草だ。

正路は、肺の空気がすべて出て行くほど大きな溜《た》め息をついた。

妖魔相手に不平を言っても意味がないのはわかっているが、さすがにこんなことが日常的に続いては身が持たない。

「頼むから、次からせめてちゃんと説明して。心の準備をしたいから」

「心の準備など、お前にできるのか？」

いかにも意外そうに問いかけてくる司野の顔は、普段と少しも変わらぬ美しさである。その顔を見ていると、全身からへなへなと力が抜けていく気がして、正路は、グッタリと畳の上に大の字になった。

「できないかもしれないけど、いきなりはやっぱりドッキリが過ぎるよ。死ぬほど驚いたし、怖かった」

「一度は死にかけたお前でも、まだ怖いのか。たとえ妖しに手足を喰《く》われたとしても、俺が元に戻せることは知っているだろうに」

「そういう問題じゃない！　怖いものは怖いよ」

「わからんな。同じ人間でも、そこは辰冬とお前でまったく違う。辰冬は、死を恐れてはいなかった」

　グッタリ横たわったままで、正路は驚きの目を司野に向ける。

「本当に？　辰冬さんは、死ぬことが怖くなかったの？　そういうふりをしていたわけじゃなくて？」

　すると司野は、やはり遠い目をしてぽつりと言った。

「命尽きる日が遠くないというのは、神仏の慈悲であろうな。人より遥《はる》かに長く生きねばならぬ妖魔のお前は、いかにも哀れだ」

「……えっ？」

「辰冬は、そう言っていた。俺にはあいつの考えていることはさっぱりわからなかったが、少なくとも、その言葉が本心であることはわかった。あれは、死を慈悲だと言っていた」

「死が、慈悲……？」

「同じ人間のお前にも、あれの言うことはわからんか」

「そんな風には、とても思えないな。僕はまだ、死にたくないよ。家族の誰にも死んでほしくない」

正路は、驚きを露《あら》わに答える。司野は、口角を数ミリ上げて、「人間はわからん」と呟《つぶや》くように言った。

「とっくに湯が沸いている。妖《あやか》しの餌の役目を見事務めた褒美に、俺が特別に茶を煎《い》れてやろう」

そんな言葉を残して、司野は台所へスタスタと行ってしまう。

「命をかけたことへのご褒美が、お茶一杯かぁ」

思わず泣き言を言った正路だが、不思議なほどに、憤りの念は胸に湧き上がってこなかった。

命を粗末に扱われたこと自体は腹立たしいが、何があっても正路を守れる自信があったからこそ、司野がこんな暴挙に出たことも、また十分に理解できたからだ。

（妖魔とつきあうって、こういうことなんだな。司野が人間みたいだからつい忘れがちだけど、僕とは根本的に感覚が違うんだ）

力なく目を閉じると、出会ったときに血肉を貪《むさぼ》られたこと、「餌」として犯されそうになったことが、正路の脳裏に次々とよぎる。

（妖魔との生活に慣れたなんて、思い上がりだった。全然、慣れてなんかいない。僕はまだ、司野のことを全然知らない）

おそらくこれからも、今日のようなことは幾度も起こるのだろう。

精神の限界を試され、肉体を単なる道具として扱われる日々を思うと暗澹《あんたん》たる心持ちになる正路だが、それでも司野から逃げ出したいとは思わない。

そんな自分を不思議に思う一方で、どこかで納得している自分もいる。

（命の恩人だからとか、ご主人様だからとか、それだけじゃない。どうしてだか、司野は……司野と一緒にいると、放っておけないと思ってしまう）

正路は目を開け、台所で丁寧に茶を煎れている司野の姿をじっと見た。

（残酷で、でも時々優しくて、律儀で……不思議な人だ。いや、妖魔だ）

京番茶独特の香ばしい、そして少しだけ焦げ臭い匂いが、寝転がったままの正路の鼻をくすぐる。これもまた、司野と出会わなければ、一生知らなかったであろうもののひとつだ。

「おい、いつまでそうしている。菓子の包みを開けておけ」

例によって、自分を一瞥《いちべつ》することもなくご主人様が発した命令に、正路は「はあい」と間の抜けた返事をして、ゆっくりと身を起こした……。

四章　絡まる糸

埃《ほこり》が積もった長い縁側を、とっとっとっ……と駆けていくビジョン。

いや、これは走っているのではなく、這《は》っているのだろうか。やけに板の間の床面が近い。

とはいえ、這っているにしては、どうにも移動速度が速すぎる。

（あ。これは、もしかして……やっぱりそうだ）

自分の推測が合っているのに気づき、正路はにこっとした……つもりになった。

視線が少し動き、自分の両手が雑巾《ぞうきん》の上に置かれていることがわかったからだ。

（廊下の雑巾がけ！　それにしても、どうしてそんなことを？　そもそも、こんな長い廊下、この家にあるわけがない。どこなんだ、ここは）

勢いよく……おそらくは全力で床を蹴《け》っているに違いない。猛スピードで雑巾をかける迫力満点の視界に、正路は戸惑いを隠せない。

しかも、雑巾の上にある両手に、見覚えがない。

確かに正路の今の手は、ご主人様の司野により、微妙にリメイクされたものだ。

司野は、「全身の釣り合いを考えると、お前の指はもう少し長いほうがいいと思った」ので、「少しばかり伸ばしておいてやった」と、さも当然の口調で言っていた。

轢《ひ》き逃げ事故に遭い、ボロボロになった正路の肉体を「繕う」ついでに、彼なりの厚意、あるいは彼の下僕の見目を少しでもよくするためにやったことであるらしい。

以来、ちょっとしたときに指先が意図せず何かにぶつかってしまったり、手仕事がいささか不器用になったりはしたが、毎日、何くれとなく使う部位だけに、慣れるのもまた早い。

最近では、特に違和感なく手を使うことができるようになってきた。

その「新しい手」と、今、正路が見ている手は、かなり違う。

目の前の手は正路の手よりひとまわり大きく、指はすらりと長くて、肉付きが薄いせいで関節が際立って見える。

(この手は、僕のじゃなくて、もしかして)

正路がある可能性に思い当たったとき、静かな足音と共に、柔らかな男の声が聞こえてきた。

「今、戻ったよ。おや。庇《ひさし》の掃除がまた終わらないのかね」

ぐるんと視界が動く。

視線の先に立っているのは、時代絵巻から出てきたような男性だった。

（これ……何ていう服だっけ。狩衣《かりぎぬ》？　ううん、それよりはもうちょっとフォーマルな感じ。あと、頭の上にあるのもよくある烏帽子《えぼし》とかじゃなくて、もっと短い感じのやつだ。前に割り箸《ばし》みたいなのを紐《ひも》で結わえてて、後にぴょーんと尻尾《しっぽ》っぽいのが飛び出してる。ああ、これ、ひな人形のお内裏様の服装だな）

母親が「娘が生まれなかったから、これは私のためのおひな様」と言って、毎年玄関に飾っていた小さな一対の人形を、正路は思い出す。

「さては、わたしが出仕したのをいいことに、悠々と朝寝などを楽しんでいたのではないか？　主《あるじ》がいないからといって、怠けてはいけないよ」

叱責《しっせき》というよりはからかいのようなおっとりした口調で注意をするその男性の顔が、視界に入ってきた。

面長の白い顔に、上手な絵師が筆に墨を含ませてすっすっと描いたようなあっさりした造作。どこか悪戯《いたずら》っぽい笑みを浮かべた口元と、思慮深い草食動物のような眼差《まなざ》しが印象的な、まだ若い男性だ。

どこからどう見ても平安貴族、しかし全体的にどことなく質素、いや、子細に見れば、あちこちに細かく継ぎのあたった古びた衣を纏《まと》うその男性の姿に、正路はハッとした。

（もしかしてこの人、司野の……亡くなったご主人様かな）

それを裏付けるように、司野の荒々しい声が聞こえてくる。

「休まず働けとは、貴様は言わなかったぞ、辰冬。いつまでに終わらせろとも言われてはいない。だから寝たいだけ寝たまでだ。仕事に取りかかってやっただけでも、ありがたく思え」

（司野の声が、僕の身体から聞こえる。ううん、やっぱりこれは、司野の身体だ。僕に見えるのは、司野が見ている景色だったんだ）

正路はようやく納得して、心の中で手を打った。

（ここは平安時代で、あの人は司野のご主人だった辰巳辰冬さんで、僕は、昔の司野の身体の中に入っている。そうとしか思えない。でも、そんなこと……ありえるのかな）

困惑する正路をよそに、辰巳辰冬は、無礼な下僕に腹を立てるでもなく、はあ、と肩を落として嘆息した。

「そう減らず口ばかり叩《たた》くものではないよ。お前を引き取ったせいで、家人《けにん》たちが皆、怯《おび》えて逃げ出してしまったのだ。小さな屋敷とはいえ、当面はお前とわたし、二人で切り盛りせねばならぬのだからね」

すると司野は、雑巾を放り投げ、どうやら胡座《あぐら》をかいたようだった。

「それがどうした。貴様が気まぐれを起こして俺を僕《しもべ》になどしさえしなければ、家人も逃げなかった。すべて貴様の自業自得だ。俺の知ったことか。俺とて、お前のせいで迷惑を被ったうちのひとりだぞ」

（堂々とふてくされた！）

ご主人様に対するあまりにも失礼な態度に、司野の中で成り行きを見守っている正路のほうがオロオロしてしまう。

だが、そんなやり取りは、主従にとってただの日常なのだろう。辰冬は大袈裟《おおげさ》に空を仰いでみせた。

「まったく。ああ言えばこう言う。お前の魂の源となった死人の中に、大いに口の立つ者がいたのであろうな。では、書を読む前に、わたしも掃除に加わるとしよう。そのためにも、せめて着替えを手伝っておくれ。そうしたら、土産の菓子をやろう。帰りに、干した木蓮子《いたび》を売る童がいたのだ。ひとつ試しに食べてみたら甘かったゆえ、お前にも買い求めてきた」

そう言いながら、辰冬は屋敷の奥へ入っていく。

「木蓮子ごときで、この俺を使い立てできると思うなよ！」

腹立たしそうに吐き捨てながらも、拭《ふ》き掃除よりはマシだと踏んだのだろう。あるいは、悪態をついたわりには土産に心惹《こころひ》かれたものか。

司野は存外素直に立ち上がり、主の後を駆け足で追いかける。

（うーん、「いたび」ってなんだろ。ニュアンス的には、干した果物っぽいな。司野、やっぱり昔から、甘いものがけっこう好きなんじゃ……？）

　正路が微笑ましく見守っていると、居室とおぼしき部屋に入った辰冬は、自ら冠を外し、文机《ふづくえ》の上に大切そうに置いた。

「やれやれ。お前に髻《もとどり》を結って貰《もら》うと、元結がきつすぎて、頭が痛くなっていけない。疾《はや》く解《ほど》いておくれ。毛が抜けてしまいそうだよ」

　そうぼやく主の頭のてっぺんには、小さく固く結い上げたチョンマゲのような髻がある。その根本をきつく縛っている白い元結を、主よりずっと長身の司野は、楽々と、そしてぞんざいに鋏《はさみ》で切った。巻き添えを食った髪が十数本、パラパラと板の間に落ちたが、司野は勿論《もちろん》、辰冬も気にする様子はなかった。

「妖《あやか》しの俺に、髻を結わせようという貴様が間違っているのだ。しかも、かように鋏など使わせて。刃先で後ろから貴様の首を突いたらどうするのだ」

　もっともな妖魔《ようま》の苦言に、自ら長い髪を両手で解きながら、辰冬は淡く笑った。

「どうもこうも。今のお前には呪《しゅ》に逆らい、わたしを害する力はあるまい。先のことはわからぬがな。ああ、楽になった。たとえ『童』とからかわれても、構うものか。髪は下ろしておくに限る」

そんなことを言う主の前に、司野は今度は片ひざをついた。そして、主の衣服を留め付けている紐を、乱暴に解き始める。

「だいたい貴様は呑気《のんき》に過ぎるぞ、辰冬。俺を僕にしたせいで、貴様、陰陽寮《おんみょうりょう》でずいぶんひんしゅくを買っておるそうではないか。もはや昇格は望めまいと、最後まで残っていた仕丁が言っていた。妙な気を起こさず、俺をとっとと調伏しておけば、その手柄で今よりいい身分になれたはずだ。今からでも遅くはないぞ」

「おや、わたしを案じてくれるのかい？　お前は、存外心優しいのだね。嬉《うれ》しいことだ。土産の木蓮子を二つに増やしてやろう」

「何を言うか！　貴様を案じるなど、朱雀門《すざくもん》が二つに裂けてもありえん。俺はただ、こんな器に閉じこめられたクサクサとした生活が、心底疎ましいだけだ！」

「おやおやおや。それは、わたしが精魂込めて練り上げた、かなり出来のよい『器』だと思うのだがねえ。飯《いい》を与え、衣を与え、読み書きを教え……できうる限りのことはしておるつもりだが、わたしの僕は、本当に気難しい」

「黙れ！　お前が押しつけてくるものの、何一つ喜ばしくなどはないぞ！」

「おや。昨夜は、わたしの肴《さかな》にと買い求めた小《こ》鮎《あゆ》を、すべて旨《うま》い旨いとひとりで平げてしまったのは誰だったであろうな。他のことはともかく、人の食べ物はずいぶんと気に入っているように見受けたが」

辰冬は、そのときの様子を思い出したのか、可笑《おか》しそうに袖《そで》で口元を覆って笑う。

ダンダンと大きな音がしたのは、司野が悔しがって地団駄を踏んだせいだろう。

「うるさい！　鮎など、貴様に与えられずとも、川でいくらでも獲《と》って食える！　ええい、だいたい人間というのは、何故、こうも厄介な衣をまとうのだ。あれこれ結んだりたくし込んだり広げたり、そんなことに何の意味がある。そも、ひとりで着られんとはどういうことだ。貴様、俺がこうして手を貸してやらねば、外にも出られんではないか！」

今度は立ち上がって袍《ほう》を乱暴に脱がせながら、司野は心底イライラした様子で舌打ち交じりにまくし立てる。

それにも、辰冬はのんびりした笑顔で相づちを打った。

「同意せざるを得ないね。我等の衣服は、あまりに窮屈で、無駄に過ぎる。先の世では、かような大仰な衣ではのうて、気軽にまとえる衣が主となるであろう。お前は妖《あやか》しで、わたしよりずっと長く生きるのであろうから、さような心地よい衣をまとえるやもしれぬな。羨《うらや》ましいことだ」

「何を言うか。貴様が死ねば、かような『器』などとはおさらばだ！　俺は野に帰り、再び自由に生きる。衣服など、二度とまとわんぞ！」

「……ん？」

暗がりの中、ぽかりと目が開いた。

正路は、一瞬、自分が置かれた立場がわからず、ぼんやりしてしまう。

耳の奥には、ギャンギャンと子犬のように嚙《か》みつく司野の怒鳴り声がまだ反響しているようだ。

（あれ？　ああ、なんだ。さっきまでのは、夢だったのか。道理で）

自分が薄い夏布団の中にいることに気づき、正路はもそもそと右手を布団から出してみた。

間違いない。司野に「改善」されてしまった、今やすっかりお馴染《なじ》みの手の形だ。

（司野の身体に入って、司野の目でご主人様を見て、司野の耳と口でご主人様と会話する夢だなんて。僕、辰冬さんのルックスを知らないはずなのに、勝手にそれっぽく想像しちゃったのかな。あとで話したら、司野に怒られそう。司野に……あ）

ゴソゴソと右手を布団の中に戻したところで、正路は、自分が見上げているのが網《あ》代《じろ》編みの天井であることに気付いた。

正路に与えられた居室の天井は、特徴的な形の雨漏りのシミがついた杉板張りである。

今見えている、美しい細工を施された天井は……。

(司野の部屋だ。あ、そうか)

そろそろと首を巡らせて傍らを見た正路は、ああ、と微《かす》かに溜《た》め息交じりの声を漏らした。

彼の横で、仰向《あおむ》けになって目を閉じているのは、他ならぬ司野である。

昨夜、「そろそろ『気』を寄越《よこ》せ」と要求され、司野の部屋で就寝したことを、正路はそこでようやく思い出した。

(けっこう週イチくらいで呼ばれるから、ここで寝ることにだいぶ慣れたんだな)

そう実感して、正路の口元が無自覚に緩む。

司野の言葉を借りれば「命を危機に晒《さら》すほど『気』を奪うわけではない」とはいえ、正路にとっては生命力そのものを吸い取られるようなものなので、それなりに消耗する。深く寝入ってしまうのは無理からぬことだろう。

それでも、最初の頃は緊張で眠りが浅かったものだが、最近は、自分でも呆《あき》れるほどぐっすり眠れる正路である。

身体だけでなく、心のほうも、司野に慣れた……というより、まだ頑固に残っているささやかな恐れや不安、警戒心を心の奥底に追いやれる程度には、共に枕を並べて横たわるひとときが、正路は楽しみになってきたのだ。

正路自身は、自分の「気」が旨いという司野の評価を実感することはできない。

それでも、正路の「気」を味わっているときの司野はいつもより少しだけ上機嫌で、いつもはなかなか続かない会話も、弾むとまでは言えないにせよ、ちゃんとキャッチボールが成立するレベルになる。

　正路としては、自分のことを他人に語る練習ができ、同時に司野のこれまでの長い年月について少しなりと知ることもできるので、最近では眠りに落ちるのが勿体《もったい》ないとさえ感じる。

（そうだ。昨夜も寝落ちしちゃうまで、司野が辰冬さんの従者になったばかりの頃の話を聞いてたんだっけ。そのせいで、あんな夢を見たのかもしれない）

　正路は、傍らで目を閉じたまま、微動だにしない司野の横顔を眺めた。

闇にすっかり慣れた正路の目には、司野の額から高い鼻筋に至るラインが、まるで大理石の彫像のように美しく、いっそ神々しくさえ映る。これが、人間の術者が創り上げた「器」などとは、とても信じられない。

（今はこんなに落ち着き払っている司野が、まるで小学生の駄々っ子みたいに騒いでたなあ）

　残念ながら、夢の中で正路が見たのは司野の目を通した光景だったので、当時の彼がどんな姿だったのかを知ることはできなかった。それでも、言葉遣いや視界の動きから、夢の中の司野がずいぶん活動的、いや、有り体にいえばまったく落ち着きがなかったことは察しがつく。

（あれは僕が勝手に見た夢だけど、実際、千年前の司野も、あんな感じだったんだろうか）

夢の内容を思い出すと、昔も今も外見は変わらないはずだとわかっていても、当時の司野が可愛らしくさえ思われて、正路は、隣の司野の端整な横顔を見ながら、ニコニコしてしまう。

すると、目をつぶったまま、司野がいきなり声を発した。

「何を笑っている」

「うわっ」

たちまち驚いて、正路はパジャマの胸元に手を当てた。

司野の声は、たとえ小さくとも、神経を直接鞭打《むちう》つような鋭さがある。

「起きてたの？　っていうか、目をつぶったままなのに、僕が笑ってたこと、よくわかったね。声なんて上げてないのに」

すると司野は、そこでようやく薄目を開けて、ジロリと正路を見た。

「言ったはずだ。妖魔《ようま》は特に眠る必要などないと。取り込んだお前の『気』を俺に馴染ませるために、目を閉じて休息していただけだ。それに、お前の動きなど、いちいち見なくても気配でわかる。俺はお前の主《あるじ》だぞ」

「うう、バレバレか。じゃあ、僕が夢を見ていたこともわかってた？」

「夢だと？」

司野は、少し興味を引かれたらしく、今度は首を正路のほうへ巡らせる。

「あはは、さすがにそれは気づけなかった？　実はさ……」

正路は、さっきの夢の内容を司野に語って聞かせた。

無言で聞いている司野の顔が徐々に顰《しか》めっ面になっていくのに気づかず、夢の内容を正確に思い出すことにひたすら集中していた正路は、笑って話を締め括《くく》った。

「僕、自分がこんなに想像力豊かだとは思ってなかった。いくら寝落ちする寸前まで、司野が辰冬さんと出会ったばかりの頃の話を聞いてたからって、まさか司野の中に入ってる夢を見て、辰冬さんの姿まで勝手に捏造《ねつぞう》しちゃうなんて」

そこでようやく司野の渋い表情に気づき、正路は「しまった」という顔つきになった。

「ごめん、僕、話を掻《か》い摘《つ》まむのが下手で。話、つまんないのに長かったよね。調子に乗って喋《しゃべ》り過ぎ……」

だが、正路の謝罪を「いや」と短く、しかしきっぱり遮り、司野はやはり険しい面持ちのままでこう言った。

「油断していた。まさか伝わってしまうとは」

「えっ？」

　ポカンとする正路に、司野は不機嫌な口調でこう言った。

「お前が見ていたのは夢などではない。俺の記憶だ」

「司野の？」

「お前に下らん昔話などをしたせいで、お前が眠った後、つい暇に飽かしてそのまま古い記憶を気まぐれにたぐり寄せていた。そのうちの一つが、お前のその余白の多そうな頭に流れ込んだものと見える」

　正路は驚いて、枕から思わず頭を上げた。

「そんなことって、あるの？」

　司野はギュッと眉根《まゆね》を寄せたままで小さく頷《うなず》く。

「実際に起こったんだから、あるんだろうよ。おそらく、互いに身を触れ合わせていて、しかもお前の『気』が、俺を満たしていたせいだ」

「……仕組みはよくわからないけど、それってつまり、僕たちの『気』が一時的に似たような感じになったせいで、司野の記憶が僕にも共有《シェア》されちゃったってことかな？」

「そうとしか思えん」

　私的な記憶を下僕に不用意に分け与えてしまったことが、どうにも気に入らないのだろう。司野の眉間《みけん》には紙が挟めそうなほど深い縦皺《たてじわ》が刻まれていたが、正路の顔には、それとは対照的に、柔らかな笑みが広がっていく。

「そっか。辰冬さんは、ああいう感じの人だったんだね。とっても優しくて、あったかくて、大らかな人じゃないか。とても司野を壺《つぼ》に閉じこめて土に埋めちゃうような酷《ひど》い人には見えなかったよ？」

正路の指摘に、司野はますます不愉快そうに端麗な顔を歪《ゆが》め、しばらくは何も言わなかった。やがて、低い声でボソリと告げられた言葉に、正路はハッとした。

「だから、油断した」

「司野……」

「俺ともあろうものが、あれに情があるなどと、甘っちょろいことを考えた。その結果が、千年の幽閉だ。壺が割られさえしなければ、もっと長かっただろうよ」

それだけ言って、司野は狭い布団の中で器用に寝返りを打ち、正路に背中を向けてしまった。

正路は、その広い背中に向かって、慌てて謝る。

「ごめん！　重ね重ね、ごめんなさい。僕、無神経なこと言っちゃった。僕はただ」

「うるさい」

正路に弁解の言葉を探すことを許さず、司野はピシャリと言った。布団の中で、正路は、ヒュッと身を竦《すく》ませる。

「寝ろ。寝ないなら出ていけ」

叩《たた》きつけるようにそう言われて、正路は半ば反射的に「寝ます！」と応じる。

それきり、司野は黙りこくった。

正路もまた、身を固くして口を噤《つぐ》んだ。

室内に満ちたのは、正路が寝入る寸前のような穏やかな静けさではなく、息詰まるような沈黙である。寝ると言ったものの、とても安らかに二度寝できるような雰囲気ではなくて、正路はピクリとも動かない司野の背中を見ながら、ただまんじりともできず、固まっているしかない。

そんな中、不意に司野がボソリと言った。

「ひとつだけ、あれは炯眼《けいがん》だったな」

「えっ？」

驚く正路の耳に、司野の声が背中越しに響いてくる。

「後の世には、もっと気軽な衣が主となるだろうと。辰冬はそう言っていた」

「あっ、ほんとだ」

正路も、すぐにその言葉を思い出す。

「平安時代の人たちにとっては、今、僕たちが着てる服なんて、下着みたいなもんだよね。今、僕らが着ている服を見たら、辰冬さん、ビックリするかな。それとも、言葉どおり、羨《うらや》ましがるかな」

思わず話に乗ってしまい、また司野の機嫌を損ねたかと正路はドギマギしたが、司野は再び、今度は正路のほうに寝返りを打って、仰向《あおむ》けになった。その横顔に、もう怒りの色はない。

「辰冬なら、『これはよい』と開けっぴろげに喜んで、ジャージかスエットで一年じゅうだらしなく過ごしただろうよ。考えるまでもない」

司野のそんな推測に、正路は夢の中の辰冬の呑気《のんき》そうな笑顔を思い出し、小さく微笑んだ。

「僕も少しだけ想像できる気がする。ねえ、司野」

「何だ」

「そんなつもりじゃなかったとしても、司野の大事な思い出を僕に分けてくれて、ありがとう。また少しだけ、司野のことがわかった気がする」

突然の感謝の言葉に、司野は少なからず面食らった様子で、すぐには返事をしなかった。やがてその薄い唇から放たれたのは、ぶっきらぼうな言葉だった。

「あれは、ただの記憶だ。大事な思い出などではない。だから、あまり『気』を垂れ流すな。俺を煽《あお》る気なら、起き上がれなくなるまで貪《むさぼ》るぞ」

「……あ」

そんなご主人様の指摘を受けて、正路は、再び自分の全身がごく淡くではあるが金色に発光していることに気付く。

右手を顔の前に持ってきて、正路は感心したように言った。

「嬉《うれ》しいと、勝手に出ちゃうのかな。煽ってるつもりなんてないけど、コントロールの方法なんてわからないよ。むりやりに嬉しくなくなるのは嫌だし」

下僕のささやかな抗弁に、司野は小さく舌打ちした。

「己の出す『気』は、己で調節方法を体得するしかあるまい。今夜のところは、自分の部屋に戻るか、諦《あきら》めて朝まで俺の餌で居続けるか、好きなほうを選ばせてやる」

いかにも寛大そうに提示された選択肢について、今度は正路のほうが黙って考え込む番である。

しかし短い沈黙の後、正路は小さな欠伸《あくび》をして言った。

「ここにいる。さっき嫌なこと言っちゃったお詫《わ》び、余分に『気』を差し出すことくらいしかできないから。それも僕は寝てるだけだし、何だか申し訳ない感じだけど」

その選択は、司野にとってはいささか意外だったのだろう。

「物好きな奴だ」

そう言いはしたが、極上の食事である正路の「気」を拒む理由は司野のほうにはない。好きにしろと言わんばかりに、目を閉じてしまう。

一方の正路は、闇の中で枕に顔を預け、身体ごと司野のほうを向いて横たわり、目を開けたままでいた。

(ああ、流れていく)

　正路の身体から放たれる「気」は、柔らかな金色の光を微《かす》かに放ちつつ、まるでドライアイスの煙のように音もなくゆっくりと敷き布団の上を伝い、司野の身体を徐々に包み込んでいく。

　確かに、たとえ僅《わず》かでも「気」を失うことで、四肢の末端が冷たく重くなる感じはしたが、それは特に不快というほどのものではなかった。

　目の前でたゆたう「気」の流れは、司野に貪られているというよりは、ごく自然に彼のほうへ流れているように思われる。

(僕は、司野と辰冬さんの思い出を垣間見《かいまみ》られて、本当に嬉しかったんだな。司野の昔の姿は見られなかったけど、子供みたいな怒りっぷりを耳で聞くだけでも、とても楽しかった。それって)

　手足の先に感じていた軽微な重だるさが、徐々に体幹のほうへ広がってくる。まるでもう一枚、ひんやりした重い毛布を羽織ったようだ。

　その感覚が、正路の気持ちを落ちつかせ、忘れていた眠気を呼び戻した。

(それって、僕はよっぽど司野に興味があるんだな。興味、だけなのかな)

突き詰めて考えたい気はしたが、そんな意欲すら睡魔は急激に奪い去っていく。

「おやすみなさい」

返事がないことはわかっていたが、正路は小さな声で挨拶《あいさつ》をした。そして、心地よい倦怠《けんたい》感に身を委《ゆだ》ね、目を閉じた。

＊　　＊

それからしばらく、正路は、初めての「梅雨の洗礼」を受け続けた。

ようやく空が本気になったらしく、朝から晩までしとしとと雰囲気たっぷりに雨が降り続き、古い木造建築である「忘暁堂」の湿度は、たちまち面白いまでに跳ね上がった。

今どきの高気密住宅と違い、二十四時間換気システムなど設置せずとも、隙間風で家じゅうの空気が適度に外気と入れ替わる。

普段なら、エコだと喜んでいいのかもしれないが、梅雨どきは別である。

外の湿気が容赦なく入り込んでくるし、二階の廊下が二箇所、小規模に雨漏りがした。

「毎年のことだ。辰冬の屋敷など、もっとあちこちから雨漏りがして、雫《しずく》を受ける桶《おけ》が追いつかないほどだった。しまいには辰冬の奴、面白がって、天井から桶に落ちる水音に合わせて、呑気に笛など吹いていた」

司野は面白くもなさそうな顔でそんなことを言い、雨漏りしている場所に、どこからともなく大きなブリキのバケツを持ってきて置いた。

どうやら、根本的に雨漏りを改善するつもりはなさそうな行動である。

そもそも妖魔《ようま》の身には、湿気など痛くも痒《かゆ》くもないらしい。

だが、人間の正路は違う。

家の中のすべてのものがしっとりし始めてはとても耐えきれないし、それ以上に店に積み上げられた器物たちがどうにも気になる。

勝手に掃除をしようとして付喪神を怒らせ、殺されかけた一件以来、店内に堆《うずたか》く積まれた物言わぬ器物たちは皆、付喪神であり、確かな意志を持って生きているのだという思いを正路は忘れたことがない。

それだけに、木製や金属製の器物たちが、この凄《すさ》まじい湿度のせいで傷みはしないか、不快ではないかと気が気ではないのだ。

「なに、あやつらも、力弱き者とはいえ妖《あやか》しだ。湿気などものともすまいよ。朽ちたとしても、それは連中の命運が尽きただけのことだ」

司野は冷淡にそう言ったが、正路は、「顧客にもこの湿度は不快だから」と訴え、半ば強引に家じゅうのエアーコンディショナーを掃除して回った。

どうやら店主夫妻の死後、ずっと使われずにいたエアコンのカバーを開け、カビと埃《ほこり》を素人にできる範囲で取り除き、どうにか動かせる状態まで整える。

そんな苦労の甲斐《かい》あって、エアコンを稼働させると、二人の生活スペースと店舗スペースからは、面白いように湿気が追い払われた。

そして、雨漏りについても、正路がＤＩＹが趣味の父親に訊《たず》ねたところ、やはり放置しておくと家全体が傷んでしまうらしい。それについても、正路は司野を説得し、近所の工務店に修繕を依頼することにした。

ある日の夕食後、正路は町内会の会則をまとめた冊子を広げ、そこに掲載された広告の一つを指さして司野に言った。

「やっぱり、町内会推薦の業者さんがいいよね。ご近所だし。明日《あした》、ここに電話してみていい？　とにかく、まずは見て貰《もら》わなきゃ」

司野は、いつものように正路が煎《い》れた京番茶を啜《すす》り、食器を隅に寄せて空いた場所に新聞を広げながら、素っ気なく応じた。

「好きにしろ」

「やっぱり、屋根を一度、全体的に点検してもらったほうがいいよ。他にも、雨漏りしそうなポイントがあれば、一緒に直してもらったほうが結局安く上がると思うし」

「好きにしろと言うのに」

まったく家の修繕に興味を示さない司野の態度に、大人しい正路もさすがに軽くカチンと来て言い返す。

「好きにしろって、ここは司野の家だよ？」

だが司野は、新聞の紙面に視線を注いだまま、つっけんどんに応じた。

「言われずともわかっている。家主の俺が、好きにしろと言っているんだ。いちいち俺に報告せずとも、お前の好きにやればいい」

「そういうことじゃなくない？」

変なところで短気な司野の怒りを買うのは怖いが、ここで引き下がると、似たようなことがこの先数え切れないほど起こりそうだ。

そう考えた正路は、勇気を振り絞って異を唱えた。

「何だと？」

早くも、司野の声が尖《とが》り始める。

反射的に「何でもないです」と引き下がってしまいそうな自分を、ちゃぶ台の下でギュッと両の拳《こぶし》を握りしめることで鼓舞し、正路はなおも言った。

「そりゃ、僕は司野の下僕だけど、司野の気持ちが全部わかるわけじゃない。勝手にやったら、司野が期待してなかったようなことか、司野の気持ちに添わないことをしちゃうかもしれない。きっとすると思う」

「それがどうした。許可した以上、下僕の過ちは、俺の咎《とが》だ。その程度のことはわかっている」

「じゃ、なくて！」

ようやく紙面から離れて正路の目を射貫《いぬ》いた司野の眼光は、彼に慣れてきたはずの正路が、小さく身震いしてしまうほどに鋭い。

震えてしまいそうな声を励まして、正路は一生懸命に正しい言葉をたぐり寄せようとする。

「ここは、せっかく大造さんとヨリ子さんが司野に遺《のこ》してくれた、お二人の思い出が詰まった家だろ。どうせなら、きっちり手を入れて、長くこの雰囲気を守れるようにしようとか思わないの？」

正路がそう問いかけると、司野はむしろ怪訝《けげん》そうな顔をして、「どんな建物でも、何をしようとも、いつかは朽ちるぞ」と言い返してきた。

「あああ」

正路は、思わず頭を抱えた。

「そっか。千年以上、人間の世界を見続けてると、そういう感覚になっちゃうのか。じゃあ、この家が朽ちても平気？」

「形あるものはいずれ滅びる。それだけのことだろう。家は朽ちる。器物は壊れる。生き物は死ぬ。お前もな、正路」

「……う、うん」

「俺もいつかは滅するだろうが、かつて辰冬が言っていたように、妖魔は人間より遥《はる》かに長い時間を生きる。寿命などあってなきが如しだ」

正路は、司野の言葉に興味をそそられ、軽く身を乗り出した。

「妖魔には、寿命がないの？　平均寿命とか、これ以上はさすがに無理とか、そういう参考にできる年数も？」

「ない」

司野はあっさり否定した。

「じゃあ……世の中に、妖魔はどんどん増えるばっかり？」

「そんなわけはあるまい。我等とて滅びる。たとえばそこいらにいる付喪神は、器物の寿命がすなわち奴等の寿命だ。人間でいえば『身体』を失っては、生きられん」

「なるほど。じゃあ、司野みたいな妖魔は？」

恐る恐る訊ねた正路に、司野は小さく肩を竦《すく》めてみせた。

「基本的に、俺たちは共喰《ともぐ》いで己の妖力を増す。妖力すなわち命であり、相手の命を奪うことで、人間が言うところの成長を果たし、命を維持する。他の生き物の命や

『気』を喰らっても妖力は増すが、共喰いほどではない」

「じゃあ、人間の食べ物と同じく、僕の『気』も、おやつ感覚なの？」

「人間の食い物よりは、力になるがな」

「そんな感じなんだ……」

少しガッカリした正路を面白そうにチラと見て、司野は再び口を開いた。

「俺がかつて辰冬にされたように、何も喰らえない場所に封じられれば、いつかは妖力が尽きて滅びる。死というよりは、消滅だな」

「なる、ほど。司野は、そんな状態で千年踏ん張ったんだよね。千年の絶食って、想像もできないよ。凄《すご》いね」

「俺は、それだけ強い妖力を持った妖魔だったというわけだ。辰冬に力の大部分を削《そ》がれていてもな。未《いま》だ、封じられる前の妖力は戻っていない。本来の俺は、今の俺どころの騒ぎではないんだぞ」

変なところで得意げに胸を張る司野に、正路はどうリアクションしたものかわからず、曖昧《あいまい》に頷《うなず》くだけで済ませる。

司野は、下僕の賛辞など期待していなかったのか、あっさりと言葉を継いだ。

「だが俺とて、万が一、より強い妖魔に出くわし、戦って敗れれば、喰われて相手の妖力と化す。それも、死と呼んでいいだろう。それが、妖魔の天命だ。いずれにせよ、お前より早く死ぬ気はない。安堵《あんど》しろ」

「あ、ありがとうって言うべきかな。何だか話が逸《そ》れちゃった」

思いがけない情報を得て、正路のささやかな憤りはすっかり霧散してしまっている。

「司野が、この家がダメになっても平気だっていうのは、わかった。だけど僕は、最初に来たときからこの家の雰囲気が好きだよ。古くて、不自由なこともあるけど、なんだか気持ちがとても落ちつく家だから」

司野はいかにもどうでもいいという顔つきで、バサバサと新聞のページをめくった。

正路も、そんな主《あるじ》の態度を少しも気にせず、話を続けた。

「会ったことがない大造さんとヨリ子さんの面影を、家のあちこちで感じることができるのも好きだ。あのガスの炊飯器で、毎日炊きたてのごはんを食べてたんだろうな、とか。素敵な緑色のガラスの花瓶に、色んな花を生けてたんだろうな、とか。だから僕はこの家にできるだけ長く、無事でいてほしいと思ってる。雨漏りを直したいし、他にも手を入れて、家の寿命を延ばしてあげたい」

「だから最初に、好きにしろと言っただろう」

「だから！　せめて、僕のそういう思いを、司野が嫌じゃないかだけ聞かせて。好きにしろじゃなくて、一緒に暮らす家なんだから、ご主人様の司野がハッピーじゃないことは、僕にはできないよ。修繕に、賛成？　それとも、反対？　どうでもいいじゃなくて、せめて少しでもいいから、どっちかに寄せて」

すると司野は再び新聞から正路の顔に視線を移し、形のいい眉《まゆ》を軽くひそめた。

「お前は、つくづく阿呆《あほう》だな」

「……はい？」

「お前が、この家をやけに気に入っていることは知っている。大造さんとヨリ子さんに想いを寄せていることも知っている。人間ならではの脆弱《ぜいじゃく》さで、埃《ほこり》っぽいだの暑いだの湿気ているだの、細かいことをいちいち気にして、家と器物と己を守るために、いつもコマネズミのように働いていることもな」

「あ」

正路は、つぶらな目を丸くした。

ここしばらくの自分の奮闘ぶりになど、司野は興味がないとばかり思っていた。

グズグズとうるさいことを言い、勝手に動き回っているだけだと思われているだろう、とも。

（家と器物と己を守るためにって、言ってくれた。ちゃんと僕がしていることの目的を、わかってくれてたんだ）

胸にジワジワと感動が広がると共に、正路の胸には、ある疑惑が生まれる。

「司野、もしかしてさ」

「何だ？」

「司野が『好きにしろ』とか『どうでもいい』とか言うときって、もしかしてそれは、『面倒臭い』って意味？　放っておけば僕がやるから、任せておけばいい的な？」

「うるさい。下僕の分際で、主の胸中を読もうとするな」

司野は、新聞をガサガサと立てた。顔の下半分を、さりげない風を装っているが、わざと隠したことは明白だ。

「じゃあ、家の修繕のことも……なんだかんだ言って、実はやったほうがいいとかちょっとくらいは思ってた？　面倒臭くて放ってただけ？」

「うるさい」

「なんだよ、もう」

素直じゃないなあ、という言葉だけは賢明にも呑《の》み込んで、正路は脱力して、ちゃぶ台の上に伏せてしまった。

「僕は、勝手なことばっかりして、司野に迷惑がられてないかなって気にしてたんだよ。何をするにも、費用は司野に出してもらってるんだしさ」

「それは、主として当然の」

「当然のことって司野が言うのはわかってたけど、それでも。ハウスダストにアレルギーがあるのだって、湿気が鬱陶《うっとう》しいのだって、雨漏りが気になるのだって、僕の体質だったり気分だったりするから。はあ、司野がそうしたほうがいいと思ってたんだったら、頑張ってやってよかった。やろうとしてよかったよ」

ちゃぶ台の滑らかな天板に丸みのある頬を押しつけてモゴモゴと言う正路を、司野はむしろ面白そうに見た。

「それは、そこまで脱力するようなことなのか？」

「そうです。少なくとも僕にとってはそう。話してよかった。でもこれからは、面倒臭いことは素直にそう言って。僕は司野の下僕なんだから、たいていのことは頑張るよ」

「それもそうだな。わかった。人間は相変わらずわからん。だが、辰冬は人使い、いや、妖魔《ようま》使いの荒い男だった。あの程度の使い立てはして構わんということだな」

「えっ」

「お前は俺と違って脆弱な人間だから、手加減せねばと思っていたが、その必要もなさそうだ。せいぜい励めよ、正路」

「えー……は、はい。えっと、できる範囲で」

主の命令なので、一応、正路がちゃぶ台から頭を上げ、背筋を伸ばして返事をしたとき、店の扉のノブがいきなりガチャガチャと荒っぽく回された。

だが、遅い時間帯に来客の予定がなければ、「忘暁堂」は、午後五時から六時には営業を終えてしまう。扉にはしっかり施錠をしているので、いくらノブを回しても、扉が開くことはない。

それを悟ったのか、来訪者は、次にノックをし始めた。

単なるノックというよりは、思いきり拳《こぶし》で殴っているような、凄《すさ》まじい勢いだ。

分厚い木製の扉は、その程度ではびくともしない。それでも、来客を知らせるために吊《つる》してある南部鉄器の長い火箸《ひばし》が、衝撃でぶつかり合って高く澄んだ音を響かせた。

「な、何っ⁉　誰だろ、こんな時刻に」

正路はギョッとして顔を強張《こわば》らせ、腰を浮かせ気味に壁掛け時計を見た。

もう、午後八時を過ぎている。こんな時刻に骨董《こっとう》店を、しかもあんな剣幕で訪れる客が果たしているだろうか。

「司野！」

正路に呼びかけられても、司野は軽く目を細めただけで、特に驚きも慌てもしない。

「司野、誰か来たってば！」

「言われるまでもない。俺の耳は、お前のそれより何百倍も優秀だぞ。ゆえに、迷惑も何百倍だ」

早くも慌てる正路をよそに、司野は落ち着き払って新聞を畳み、立ち上がった。

どんどんと扉を叩《たた》く音は、いっそう激しさを増している。来訪者が誰かはわからないが、とにかく必死の様子だ。

「お前はそこにいろ」

そう言い置いて、司野は土間に軽々と飛び降り、サンダルを突っかけて店の入り口へと向かった。

正路は慌てて、土間の階段近くにある店内を照らす照明のスイッチをオンにする。

店の中央に、白熱灯が一つぶら下がっているだけなので、素晴らしく明るくなるわけではない。司野の妖魔の目には闇など関係ないと知ってはいるが、それでも光がないよりは、あったほうがより厳重に警戒できるだろう。

扉を殴るドンドンという音は、ますます大きく、忙《せわ》しくなっている。音がときおり重なって聞こえるのは、両の拳で叩いているからだろう。

（いったい誰だろ。そこまで焦ってるって、この店に何の用事なんだろう）

階段のところに立って見守る正路を振り返りもせず、司野は扉の前に立つと、何の躊躇《ちゅうちょ》もなく鍵《かぎ》を開け、思いきりドアノブを内側に引いた。

「キャッ」

悲鳴と共に文字どおり転がり込んできたのは、長身痩軀《そうく》の若い女性……フリールポライターの松岡由美子だった。

渾身《こんしん》の力で叩こうとした扉が開いてしまったせいでバランスを崩し、店の床に勢いよく倒れ込む。

　司野は彼女を受け止めようなどとはせず、むしろ素早く半歩下がった。

　そのせいで、床に敷き詰められた堅い煉瓦《れんが》に肩と膝《ひざ》、それにおそらくは顎《あご》までも強打して、松岡は悲鳴を上げた。

「あいたッ！　お……お願い、鍵を閉めて！　早く！」

　それでも、床に転がったままで、松岡は必死の形相で訴える。

　司野は彼女を無慈悲にまたいで戸口に立つと、外の様子を素早く窺《うかが》ってから扉を閉め、言われたとおりに鍵を閉めた。そして、振り返って正路に声を掛けた。

「店の灯《あか》りを消せ。茶の間はそのままで構わん」

　こういうときの司野の声には、相手に逆らったり、疑問を呈したりすることを許さない厳しさがある。

「はいっ！」

　正路はすぐさま言われたとおりにして、しかし最初の言いつけは思わず忘れて、ふたりのところへ行こうとした。

「松岡さん、大丈夫ですか⁉」

　だが、すぐさま司野の怒声が飛んでくる。

「そこにいろ！」

「うわ、は、はい。でも」

「こいつは俺がそっちへ連れていく」

司野は身を屈《かが》めると、まだ動けずに床の上で呻《うめ》いている松岡を、軽々と抱き上げた。そしてそのまま、彼女を茶の間へと運び込む。

「あ、えっと、とりあえず！」

正路は大急ぎでちゃぶ台を茶の間の奥へ移動させると、空いた場所に座布団を三枚、並べて敷いた。

正路の意図をすぐさま理解して、司野はその上に、彼にしては比較的優しく、松岡の身体を横たえた。

「ご、ごめん、なさい」

鞴《ふいご》のように胸と肩を上下させ、ぜいぜいと荒い呼吸をしながらも、松岡はどうにか謝罪の言葉を絞り出す。

ここに来るときはいつも潑溂《はつらつ》としていた彼女が、今は酷《ひど》い有様だった。

最初にこの店に来たときそうだったように、いやそれ以上に、降りしきる雨に濡《ぬ》れ鼠《ねずみ》になっており、何度も転倒したのか、スーツの上下にはあちこちに砂利がついていた。

よく見れば、パンツの膝は破れているし、頬にも擦り傷がある。傷口に砂粒がたくさんついているので、おそらくさっきの転倒とは無関係の傷だろう。

そういえば、ローヒールの靴も、今夜は片方しか履いていない。

「ちょっと待っててください」

正路は大急ぎでバスタオルを数枚、脱衣所から持ってきて、松岡の枕元に置いた。

それから、台所へ駆け込み、大きなグラスになみなみと水道水を汲《く》んで茶の間に運んだ。

「好きなだけじっとしていてください。動けるようになったら、タオルとお水」

「……ありがと」

感謝の言葉を口にはしたものの、すぐに身動きできるほど体力が残っていないらしい。松岡は、グッタリと座布団に頬を押し当て、扉のほうを見た。

「誰も……来てない？」

それに答えたのは、彼女の傍らに胡座《あぐら》をかいた司野だった。

「安心しろ。この店に近づく者は、今のところ誰もいない」

断言する司野を、松岡は不思議そうに見上げる。

「どうして、そんなこと……わかるの？」

「ここは俺のテリトリーだからな。何でもわかる」

司野は至極当然の口調で答えたが、松岡は土気色の顔で「何それ」とほんの数ミリ口角を上げた。

だが、笑おうとする努力はたちまち水泡に帰し、彼女はクシャッと顔を歪《ゆが》ませる。両目が潤み、座布団に涙がぼろぼろと滴った。

「こわかった」

震える声が、そう訴える。

(あの強気な松岡さんが、「怖かった」って。いったい何があったんだ)

正路は、思わず司野の顔を見る。松岡の涙にも眉《まゆ》ひとつ動かさず、司野は腕組みして冷ややかに言った。

「そのようだな。よもや、お前がそこまで余裕を失って、よりにもよってここに逃げ込んでくるとは。恥も外聞もなく怯《おび》えて涙を流すとは。さすがの俺も予想していなかった。これは、何の余興だ?」

「ちょっと司野、もうちょっと包んで! 参ってる人に追い打ちをかけないで」

正路はさすがに耐えかねて、司野をたしなめようとする。

だが、そんな司野の超然とした態度が、むしろ反骨精神に火を点《つ》けたのか、あるいは気持ちを落ちつかせるのに役立ったのか……松岡は、しゃくり上げながらも、汚れた手でグイと涙を拭《ふ》いた。

正路は慌ててタオルを差し出す。

「これ! タオル、使ってください。何だったら、濡らしたタオルも持ってきますし」

「……ありがと。これで十分」

真っ赤に充血した目と震える声で謝意を伝え、松岡は両手で身体を支えながら、どうにか座布団の上に身を起こした。そして、渡されたバスタオルで、顔と髪を拭《ぬぐ》い始める。

「本当に、ご迷惑をおかけして申し訳ないです。でも、逃げようって思ったとき、ここしか行き先を思いつけなかった」

松岡のそんな言葉に、「迷惑だ」と司野が言い放つのではないかと、正路はドキドキした。だが、そんな予想に反して、司野はどこか楽しげに、「お前にしては賢明な判断だな」と言った。

「えっ？」

「司野？」

むしろ拍子抜けして、松岡も正路も、司野の顔をじっと見る。司野は、店の入り口のほうを見てしばらく黙っていたが、おもむろに松岡に訊《たず》ねた。

「お前を追っていたのは、男が三人か？」

松岡はギョッとした顔つきで、しかし従順に答える。

「そう。見るからにカタギじゃない連中」

「ふむ。おそらく、今、店の前の道路を通り過ぎた奴等だな。お前が、骨董《こっとう》店になど逃げ込むとは考えつきもしなかったんだろう。思考能力の低い奴等は、幅広い可能性を検討することなどできん」

平然と言い放った司野を、松岡は少し恐ろしそうに見た。

「……どうしてそんなことがわかるの？」

「詮索《せんさく》できる立場か？」

司野にすぐさま切り返されて、松岡はウッと言葉に詰まる。

「確かに。……あの、改めて、助けていただいてありがとうございました。本当に……
……本当に、命拾いした」

座布団の上にペタンと座り込んだまま、それでも松岡は正路が用意した水をごくごく飲んで、ようやく人心地ついた様子で感謝の言葉を口にした。

正路は、もう一杯水を汲み、彼女の前に置いてから、躊躇《ためら》いがちに問いかけた。

「あの、いったい何があったんですか？　どうして追われるようなことに？」

「そ……それは。言ってしまうと、あなたたちを巻き込む可能性があるから。助けてもらってこんなことを言うのは、心苦しいけど」

松岡は申し訳なさそうにそう言ったが、司野は小馬鹿にしたように鼻を鳴らして口を挟んだ。

「どうせ、前に来たときにお前が追っていると言っていた事件絡みだろう」

松岡はビクリと身を震わせる。どうやら、図星だったらしい。

司野は、特に興味もなさそうに、それでも松岡に告白を促した。

「いいから言ってみろ。もはや、俺たちはお前の厄介ごとに巻き込まれている。たとえ今はやり過ごせたとしても、いったん絡んだ糸は、そう容易《たやす》くほどけはしないものだ。事情を知らなければ、対処のしようもない。迷惑というのは、むしろそういう現状を指して言うんだ」

「司野……」

正路は、ほっと胸を撫《な》で下ろした。

選ぶ言葉がいちいち厳しいだけで、おそらく司野は、松岡に何らかの縁を感じているのだろう。だからこうして、救いの手を差し伸べようとしている。

（この前、ラッキーアイテムを譲ったからかな。松岡さんに何かあったら、せっかく新しいご主人様と出会えた付喪神が、不幸になっちゃうもんね）

そんな正路の推測を裏付けるように、司野は松岡に問いかけた。

「例の扇子は持っているか？」

松岡は一瞬、キョトンとしたが、すぐに頷《うなず》いて、ジャケットの内ポケットを探った。引き抜いたのは、あの小さな子供用の扇子である。

「勿論《もちろん》。もしかしたら、これが今夜私を守って、ここに導いてくれたのかも。辰巳さんには、そんな想像、馬鹿馬鹿しいって思われるかもだけど」

「むしろそれ以外の理由はなかろう」

「えっ？」

「いいから、事情を話せ。ここに遊びに来たわけではあるまい。強がっていても、お前は助力を必要としている。事情によっては、降りかかる火の粉を払う程度の手伝いはしてやらんでもない。その扇子に免じてな」

　司野はそう言ってから、正路に「もう一杯、茶を煎《い》れろ」と命じた。つまり、熱いお茶を一服する間は、話を聞いてやるという意思表明である。

「すぐに。松岡さんにも、熱いお茶を煎れますね。蒸し暑いけど、雨で身体が冷えたと思うから」

　正路はそう言い置いて、台所へ行った。

　といっても、台所と茶の間は低い水屋で区切られているだけなので、二人の姿は見えるし、声も十分に聞こえる。

　小さいのに重い鉄瓶に水を張り、火にかけて、正路は松岡の話に耳をそばだてた。

「私、地元の流行《はや》りに敏感でいるために、しょっちゅう街を歩いては色んな人に話を聞いて回っているって言ったでしょう？　放課後、お店やカフェ、ハンバーガーショップにいる若い子たちが、いい流行の情報源なんです。そんな子たちの間に、春……

四月頃、おかしな都市伝説が広まり始めて」

「都市伝説だと？　それは、テレビでたまに見る、『信じるも信じないも……』」

「そう、そういう類《たぐい》。でも、もっと……そうですね、どっちかっていえば、稲川淳二《いながわじゅんじ》が夏にやる怪談みたいなテイストの話、かしら」

「それは俺にはわからんたとえだな。で、どんな話だ？」

「それが……とても馬鹿馬鹿しいんですけど、誰に聞いてもわりと内容が同じで、アレンジがないんですよね。だから、意外と本当なのかなって、凄《すご》く気になったネタなんです。だからこそ、追いかけ始めたっていうか。ええと、内容を掻《か》い摘《つ》まむと、『死体なき轢《ひ》き逃げ事件』ってところでしょうか」

ガチャン！

けたたましい音を立てたのは、言うまでもなく、正路である。

松岡のために戸棚から出したばかりの湯呑《ゆの》みが、調理台の上に力なく転がっている。割れなかったのが、不幸中の幸いだ。

「ま、松岡さん、今、何て？」

「あ、ごめんなさい。そっちまで声が届かなかったかな。『死体なき轢き逃げ事件』よ」

正路の顔から、みるみるうちに血の気が引いていく。

「四月に広まり始めた噂で……『死体なき轢き逃げ事件』って。司野、それ、もしかして……まさか」

引きつった顔で自分を凝視する正路に、司野は口角を高く吊《つ》り上げる。

「言っただろう。絡んだ糸は、そう容易くほどけはしないと。ようやく糸をたぐり、狩りを始められそうだぞ、正路」

獲物を遠くに発見した肉食獣のような獰猛《どうもう》な笑みを浮かべる司野を、松岡は不思議そうに、正路は驚きと恐れが相半ばした複雑な表情で、ただ見つめていた……。

五章　意趣返し

「中高生が、学校で流行っている話だよって教えてくれたのは、『誰かのいとこの友達が、深夜、お酒を飲んだ後に友達を車に乗せてドライブしてたら、通行人を轢いてしまった』ってシチュエーションなんです」

気を取り直して正路が煎れた京番茶を飲みながら、かなり落ちつきを取り戻してきた松岡は、いつものキレのいい口調で、「都市伝説」または「怪談」の内容を語り始めた。

まだ心臓がバクバクしていて何も言えず、ただ司野の隣に座っているだけの正路をよそに、こちらはあからさまに楽しそうな司野が的確な感想を口にする。

「誰かのいとこの友達とは、もはや赤の他人もいいところだな」

「そう。どこの誰だかわからない、でもその話を語る誰かと細い糸で繋《つな》がっているっていうのが、リアルみがあっていいんですよ、この手の話には。内容は荒唐無稽《こうとうむけい》で明らかなフィクションでも、ノンフィクションみたいなテイストが生まれますから」

両手で湯呑みを包み込むように持っている松岡の指先は、よく見ればまだ細かく震えている。それでも平静を装って話すことで、少しは気が紛れているのかもしれない。

松岡はまだ血の気が失《う》せた顔に、ささやかな微笑を浮かべて話を続けた。

「ともかく、話の内容は、誰に聞いてもほぼ同じで、こんな風に続きます。……確かに、凄い衝撃があって、ふらふら歩いていた若い男を轢いた。男は道端に倒れて、ピクリとも動かない。見れば、片脚がもげてしまっている」

「！」

正路の身体がビクリと大きく震えた。両手の指が、無意識のうちにズボンの腿《もも》のあたりを握り締める。

「これは大変なことになった、おそらく人を殺してしまったと、男はその場から逃げ出した。友人たちには、あれは人間じゃない、マネキン人形だったと言い聞かせて、やんわり口止めをした。でも、酔いが醒《さ》めてきたら怖くなって、現場に見に行った。たぶん、轢き逃げしてから一時間くらい後だったと思う。そうしたら……って感じ」

ごくり、と正路は生唾《なまつば》を呑んだ。

「あの……そ、そうしたら？　どうなったんです？」

情けないほど上擦った声だったが、松岡は、正路が極度の恐がりだとでも思ったのだろう、ふふっと笑って首を傾げた。

「足達君は、恐がりなのに怪談大好きっ子？　よくいるタイプかしら」

「い、いえ。そういうわけでは……確かに恐がりでは、ありますけど」

「いいのよ。誰だって、ちょっとした怪談は好きなものだわ。これも、そんなにあからさまな恐怖を煽《あお》るような話じゃないのよ。ただ、その轢き逃げした男が現場に戻ってみると、確かに男が倒れていた場所に、人影はなかった」

「だ、誰かが救急車を呼んだ、とか」

　正路は必死の思いでその可能性を指摘する。だが、松岡はかぶりを振った。

「その男も一度はそんな風に思ったけれど、警察官ひとりその場にいない。どんな夜中だって、現場検証くらいはするわよね。おかしいと思っておそるおそる辺りを歩いてみたら、まだ真新しい小さな血だまりだけがいくつか残されていて、怖くなった男は再び逃げ出した。でもそれ以来、轢き逃げをした時刻になると、どこからともなく血の臭いが漂ってきて、一本足で、とーん、とーん、って床を蹴《け》って近づいてくる靴音が聞こえてくるんですって。……ほら、脚が一本、もげてしまったから」

　正路の喉《のど》がヒッと鳴った。

（間違いない。それ、僕だ。どう考えたってその都市伝説、僕が轢き逃げされたときの話に尾ひれがついたんじゃ……。だって僕の脚は司野が繕ってくれたし、僕は轢き逃げ犯の素性を知らないから、仕返しになんか行けないし。あれ、そういえば）

決して声に出せない思考が、正路の頭の中でグルグルと激しく渦を巻く。

だが、正路がふとあることに気付いて隣にいる司野を見ると、司野は相変わらず禍々《まがまが》しい笑みを浮かべ、松岡に言った。

「くだらん話だ。だが、お前はその与太話に、一片の真実を感じとったとでもいうのか？」

松岡は、真面目な顔に戻って頷《うなず》いた。

「最後は怪談らしい仕立てになっていますけど、そこまでの話は妙に地味でしょう？しかも、誰に話を聞いても、轢き逃げしたっていう場所が、ほぼ同じ辺りなんです。暁町《あかつきちょう》三丁目の……」

「！」

正路は狼狽《ろうばい》して、思わず松岡に見えないようにちゃぶ台の下で、胡座《あぐら》をかいた司野の脛《すね》のあたりをつついた。

松岡が口にした地名は、まさに正路が轢《ひ》き逃げ事故にあった場所だったからだ。

司野は「わかっている」と言いたげに正路をジロリと見たが、実際に話しかけたのは、松岡のほうにだった。

「で、好奇心に駆られて、お前も見に行ったわけか」

松岡はこっくりと頷く。

「現場を見に行きました。さすがにもう血だまりはなかったけど、通り掛かる人たちに取材したら、三月の頭頃に、アスファルトに血みたいなものが落ちてるのを見たことがあるって人が何人か見つかったんです。それで、近所に聞き込みをしたら」

「目撃者でもいたか？」

司野は冗談めかして訊《たず》ねたが、その双眸《そうぼう》は少しも笑っていない。都市伝説を楽しんで聴いている風で、彼が実際にやっているのは情報収集なのである。

それに気付かず、松岡は残念そうに首を横に振った。

「いいえ。さすがに、それは。深夜、静かな住宅街でのことでしょう？　誰も外を歩いてなんかいないんです。ドーンって音を聞いた気がすると仰《おっしゃ》る方々は周囲にいたんですけど、もう寝間着姿だし、みすみす出ていってトラブルに巻き込まれるのも嫌だし、それ以降は特に怪しい音は聞こえなかったので、そのまま寝てしまった……という人ばかりでした」

「……ふう」

正路はほっと胸を撫《な》で下ろす。しかし松岡は、真顔で続けた。

「でも、『ドーン』って音は気になります。血だまりを見たという人もいる以上、確かにそこで轢き逃げ事故はあったんじゃないかしら。そう思ったんです。でも、警察に問い合わせても記録はない。周囲の病院をあたっても、その時期、脚がちぎれた人なんて来ていない。ということは、別の可能性を怪しみたくなるじゃないですか」

「別の……可能性、ですか？」

（まさか、被害者が妖魔《ようま》と下僕になる契約を交わして、命を助けてもらって、身体を繕ってもらった……なんて可能性では、ないよね？）

不安でジッとしていられず、身体をモゾモゾさせながら、正路は遠慮がちに問いかけてみた。松岡は、畳の上に正路が置いた小さな盆に湯呑《ゆの》みを戻し、人差し指を立てた。

「隠蔽《いんぺい》工作よ」

「えっ？」

「もし、轢き逃げした男が、あるいは仲間たちと一緒かもしれない。逃げ出して、戻ってきたところまでは都市伝説のとおりでも、実は、誰にも見つからないうちに、被害者を回収して逃げたんだとしたら？」

「……ああ」

正路の喉から、安堵《あんど》とも困惑ともつかない溜《た》め息が漏れる。

「被害者は、もう死んでいたかもしれない。だって片脚がもげてるんだもの。失血死するわよね、きっと。勝手に治る傷じゃないから、モグリの医者でどうなるものでもないでしょう。だからきっと、死んでいたか、見殺しにされたんじゃないか。そう思ったの」

「うう」

正路は、苦しげに唸《うな》った。

松岡の推測は、まったくの的外れではないが、正解にはほど遠い。

だがそれを指摘するわけにいかない正路としては、唸るしかできることがないのだ。

「大丈夫？　怖すぎたら止めてね」

何も知らない松岡は、心配そうに正路を労《いたわ》り、しかし司野の催促の視線を受けて、自分の行動を打ち明けた。

「これって、真相を暴いて、加害者と被害者の素性を明らかにできたら、けっこうなニュースじゃない。それに、もしかしたら、轢かれた人は、どこかに埋められちゃったり沈められちゃったりしたかもしれない」

そこで言葉を切って、松岡は遠い目をした。

「私の父を轢き逃げした犯人もわかっていないけど、それでも私たちは、父の亡骸《なきがら》に対面して、弔うことができたわ。だけど、この都市伝説の被害者は、そうじゃないかもしれない。さらに酷《ひど》い扱いを受けてるかもしれないのよ。そして、被害者の帰りを、何も知らずに待っている家族がいるかもしれない。そう思ったら、たまらなかった。追わずにはいられなかったんです」

司野は、自分も湯呑みに手を伸ばし、正路が煎《い》れた京番茶を一口啜《すす》ってから再び口を開いた。

「で、お前は何をした」

「三月以降に所轄署に届け出があった行方不明者を検索したり、範囲を広げて聞き込みをしたり。でも、被害者の足取りも素性も、まったく知れなかった。一方で、加害者の情報もさっぱり」

(そりゃそうだよね。加害者はともかく、被害者としては、轢かれた本人が、ここでこうしてピンピンしてるんだもん。僕の実家の家族だって、僕が事故に遭ったことすら知らないよ)

衝撃が少しずつ落ち着いてくると、正路の胸には、松岡への同情の念が湧き上がってきた。

「事実は小説よりも奇なり」とはよくいったもので、十代の子供たちの間で語られる都市伝説より、今、ここにいる正路の身に起こった一連の出来事のほうが、よほどホラーである。

(本当のこと、教えてあげたいけど絶対無理。というか、信じてもらえるはずがない)

そんな正路の複雑な想いも知らず、松岡はちょっと得意げに声のトーンを上げた。

「そこで、八方塞《はっぽうふさ》がりになった私に、発想の転換が訪れたの。人捜しが難航するなら、自動車のほうを捜せばいいじゃないって」

「ああ、なるほど！　ぼ……被害者を轢いた車のほうを捜したんですね」

うっかり「僕を轢いた」と言いかけて、正路は危ういところで言い直す。それを不審に思うことなく、松岡は勢いよく頷いた。

「だって、片脚がちぎれるほどの勢いで人体に衝突したら、自動車だって無傷ってことはないでしょう？　とてもＤＩＹじゃ直せないはず。勿論《もちろん》、血液くらいは洗い流せるでしょうけど、その後、事件を隠滅するなら、車のダメージだって綺麗《きれい》に直したいはずだわ。だけど、ディーラーに修理を依頼すれば怪しまれる。きっと、板金工場に直接持ち込んだに違いない。そう踏んだのよ」

「じゃあ、今度はこの辺りの板金工場をしらみつぶしに……？」

「そう。でも、灯台もと暗し。加害者の心理を読んで、できるだけ遠くの工場に持ち込むんじゃないかと思ったのに、結局のところ、それらしい情報が得られたのは、事件現場の暁町に近い、小さな板金工場だった」

「堂々としていれば、意外と怪しまれないものだ」

司野は、不敵に笑ってそう言った。

まさにそれは司野自身にあてはまることで、正路は思わず呆《あき》れ顔になってしまう。

「そういうものなんでしょうか。犯罪心理を、もっと勉強しなきゃって思いました。

とにかく、その板金工場の若いお兄さんに話を聞いたら、確かに三月の頭、前がベコベコに凹《へこ》んだスポーツカーが持ち込まれて、修理が大変だったって。いったい何にぶつかったんだって訊ねたら、『猪をはねた』って説明されたらしいんです」

「ふん。もっともらしい弁解を考えたものだな」

「そうなんですよね。でも、猪が当たったときの傷とは、ちょっと違うなって思ったって話してくれて。自動車を持ち込んだ人のことも、しつこくお願いしたら、ぺらっと喋《しゃべ》ってくれました。某大手建設会社の社長の三男。検索してみたら、学生時代から軽犯罪をいくつか……おそらく、親が財力で揉《も》み消した罪も他にあるはず」

松岡は、小声で、あまりその分野に詳しくない正路でも、テレビのＣＭで聞いたことがある社名を口にした。司野は、どうでもよさそうに肩を揺する。

「で？　それだけ知れば、もう十分だろう。あとは記事を書くだけじゃないのか？」

「まさか！　裏付けがないまま記事を書くなんて、いえ、そういう人もけっこういますけど、でも私は嫌です。だから、お兄さんに、もっと詳細な情報を思い出したら教えてって頼んで、いったん引き上げました。そうしたら、昨日、連絡があって」

「どんな……？」

正路は、再びテンションが落ち始めた松岡の顔を、心配そうに見守る。

彼女は、両手の指をギュッと組み合わせ、深呼吸を一つしてから答えた。

「板金工のお兄さんによると、実際に自動車の修理を手がけた社長にその話をしたら、『それは大変なことだから、是非力になってあげたいが、相手は長年の大切な顧客のご子息だ。堂々と情報を売ることはできない。でも、修理にかかる前の破損箇所はきっちり撮影しておいたので、その写真だけは提供しよう』って言ってくれたって話だったの。工場の営業が終わってから、こっそり取りに来てくれって言われて……」

司野は、心底呆れたと言いたげに端麗な顔をしかめた。

「愚かしいにも程があるな、お前は。それで同行者もなしに、営業終了後の工場にのこのこ出向いたのか」

「こっそり来てくれって言われたから！　でも……はい。確かに、危機管理が甘すぎたと思います。事件の真相に近づけるって浮かれちゃってたかもしれません。工場に行ったら、待ってたのはその『大手建設会社のどら息子』と仲間二人で、板金工のお兄さんに渡したはずの私の名刺をピラピラさせて見せつけて、嫌な笑い方をして」

組み合わせた松岡の指に、関節が真っ白になるほど力がこもる。

「騙《だま》された、罠《わな》にはめられたって思ったときは、もう遅かった。逃げようとしたけど、腕を掴《つか》まれて後ろに捻《ひね》られ、動けなくなりました。手慣れてた、あいつら。素人じゃなかったわ。絶対、これまでも荒っぽいことをやってきた連中よ」

独り言のように呟《つぶや》き、松岡は司野をキッと見た。

「ここまで嗅《か》ぎつけられちゃ、見逃すわけにはいかねえな……って言われました。海外に売り飛ばされるか、殺して山に埋められるか、ドラム缶に詰められて海に沈められるか、選ばせてやるって脅かされて、もう怖くて……本当に怖くて」

「どうやって、そこから逃げられたんです？」

正路がおずおずと問うと、松岡は荒くなった息を鎮めながら、小さな声で答えた。

「とても……とても、おかしな話なんだけど」

「はい？」

「私、三人の男に囲まれて、工場から連れ出されて……窓に目隠しのシールを貼ったライトバンに乗せられそうになったの。もう、絶体絶命よね。乗ったら殺される選択肢しかない」

「……ですよね」

「だけどそのとき、私の背中を押そうとした男が、『あいたッ』って言って私から手を離して、目を押さえたの。見たら、何故か足元に、この扇子が落ちてた」

松岡は、ジャケットの胸ポケットから再び閉じた扇子を出し、両手でその骨をそっと撫《な》でた。

「おかしいわよね。こうしてポケットにしまってあった扇子が、どうやって飛び出して、男の顔を直撃したのか。でも、これが唯一のチャンスだってことはわかってた。

私、咄嗟《とっさ》に扇子を拾って握り締めたまま、痛がる男に気を取られた他の二人を火事場のなんとかで突き飛ばして、闇雲に走った。すぐに追いつかれるのはわかってたけど、そうするしかないでしょう？」

「はい。そ、それで？」

身を乗り出す正路とは対照的に、司野はまだ渋い顔のまま腕組みしている。

「走って走って、靴も片方脱げちゃって、後からは怒鳴りながら男たちが追いかけてきた、もうダメだって思ったとき、空車のランプのついたタクシーが通り掛かったの。ラッキー二度目よ。迷わず片手を挙げて、飛び乗ったわ」

「よ、よかった！」

「でも、すぐ背後に、私が乗せられそうになったライトバンが迫ってきた。運転手に、どちらまでって言われたけど、あいつら、私の名刺を持ってた。名刺には名前とメアドとスマホの番号しか書いてないけど、きっとそこから住所なんて簡単に割り出せる。アパートに帰ったらヤバいのはすぐわかった。だから……」

「だから、ここに？」

正路に問われ、松岡は気まずそうに頷《うなず》いた。

「咄嗟に浮かんだのが、ここだけだったのよ。友達は何人かいるけど、巻き込んで迷惑をかけられないでしょう？」

「俺たちなら、『巻き込んで、迷惑をかけ』てもいいと思ったのか？」

揶揄《やゆ》するように司野に問われ、松岡はしゅんと項垂《うなだ》れた。

「本当にそのとおりです。すみません。だけど……何故か、この店のことを思い出したとき、ずっと握ったままだった扇子が、熱くなった気がしました。それでいいって言われてるみたいな気持ちになって、とりあえず運転手さんに、この店がある界隈《かいわい》を目指しつつ、ライトバンをまいてくださいってお願いしたんです」

「刑事ドラマみたいだ」

思わず呑気《のんき》な感想を口にしてしまった正路に、松岡は無理に歪《ゆが》んだ笑みを浮かべ、「そうね」と頷いた。

「運転手さん、張り切って本当に頑張って、ライトバンをまいてくれた。で、店の近くで降ろしてもらって、ここまで全速力で走ってきたってわけ」

司野は、深く嘆息して、軽くかぶりを振った。

「上手《うま》くやったつもりだろうが、ナンバープレートから、お前が乗ったタクシーのことは連中は把握済みだ。運転手とて、お前の忠実な味方ではない。見るからにやくざ者の男たちに詰め寄られれば、お前を降ろした場所などあっさり吐いただろうよ」

「……そんな」

「だからこそ、さっき、お前を追う者たちが、この店の周囲を通り掛かったんだ。ああいう手合いは蛇のようにしつこいぞ。いずれまた、この辺りに戻ってくるだろう。一軒ずつ回って調べ上げるだろうな」

「ほ……本当にすみません。巻き込むつもりは……こんなことをしておいて言えた義理ではないですけど、本当に」

松岡は両手をつき、二人に向かって、畳に額を擦《こす》りつけるように謝罪する。

「や、やめてください。もとはといえば僕が」

「正路」

「……あ」

うっかり自分が「都市伝説」を生み出した原因だと口走りそうになった正路を、司野は鋭く制止する。

「扇子だ」

「……え？」

「その扇子は、俺がお前に譲った。大切にしていれば、お前に幸運を招くだろうと。実際、お前は今夜、二度の幸運に恵まれた。いや、三度だな。この店に、無事にたどり着いたのだから」

「……は、はい」

恐る恐る頭を上げた松岡は、司野の仏頂面を不思議そうに見つめる。

「その事実が、お前が約束どおり、その扇子をこよなく大切にしていたことを示している。扇子がお前を新たな主《あるじ》と定め、お前の生存を願ったんだ。だからこそお前は、生きてここにいる」

「……え？」

「お前は、今このときから、俺の『顧客』のひとりだ。お前がこの店にいるかぎり、俺は店主として、お前を守る義務がある」

「辰巳、さん？」

司野の意味することが理解しきれない松岡に、正路は嬉《うれ》しそうに言葉を足した。

「扇子を大事にしてくれてる松岡さんに、司野は感謝してるんです。だから、安心していいですよ」

「……でも、あいつらが」

「連中は、俺と正路でどうにかする。お前は休んでいろ」

「えっ？」

「だが、条件がある」

司野は松岡を見据えて、冷静に告げた。

「一つ。これまで同様、いや、これまで以上に、その扇子を生涯、大切にし続けろ。お前が世を去るときは、お前がもっとも信を置く人物に、それを譲渡しろ」

「は……はい。わかりました。必ず」

何故、この非常時に、司野がそんなに扇子のことを気にするのかわからず、それでも司野の迫力に気圧《けお》されて、松岡は約束する。

司野は小さく頷き、次の条件を口にした。

「一つ。この事件を追うのはやめろ」

「そ、それは！」

「己の身に余ることに手を出せば、今夜のようなことになる。自分の愚かしさ、未熟さは身に滲《し》みただろう。お前にはまだ、事件記者になる資格はない。自分の命すら守れない者が、他者の命のために何ができるというんだ。おこがましいとは思わんか」

辛辣《しんらつ》な事実を真正面から突きつけられ、言い返す言葉すら見失って、松岡は唇を噛《か》む。

「でも……私はもう、あいつらに身元を知られちゃってるんです。今さら、事件のことを忘れようとしたって、無理」

ようやくそれだけ言った松岡に、司野はピシャリと言い返した。

「板金工場の奴等は、お得意様の息子にお前を売った結果、お前が死ぬことを理解していただろう。おそらくかなりの額の金を貰《もら》って、お前の存在など忘れることにしたに違いない。そこは気にしなくていい。あとは、お前を追ってきている三人だが……」

「え、ええ」

「どうにかしよう」

司野は、実にあっさりとそう言った。正路は、ギクリとして、主の涼しい顔を見た。

(司野、人間を襲って食べちゃ駄目だっていうご主人様の命令は生きてるはずなのに、そんなこと言っちゃって……。どうするつもりなんだろう)

その疑問は、松岡も同じ……いや、司野の正体を知らない彼女には、なおさら不可解に違いない。

「あいつら、素人じゃないんですよ。あなたの手に負える相手じゃ」

「うるさい」

司野はピシャリとそう言って松岡を黙らせ、「俺の話はまだ終わっていない」と告げた。

「一つ。二度と、この店には来るな。俺と正路の前に、姿を現すな。俺たちにかかわるな。それが、最後の条件だ」

「……………」

二度目に来たとき、この店への愛着を熱心に語った松岡は、やはりすぐには承諾できず、沈黙する。

しかし司野は、重ねて決断を促した。

「ここで死にたくないなら、お前に選択の余地はないはずだぞ」

それでもなお悔しそうに黙りこくっていた松岡は、やがて静かに頷いた。

「あなたの仰《おつしや》るとおりです。約束、します」

「よし。扇子を寄越《よこ》せ」

「……え？　あ、は、はい」

面食らった様子で、それでも松岡は、ずっと手に持ったままだった小さな扇子を、大切そうに両手で司野に差し出す。

それを大きな手でひょいと受け取った司野は、扇子をぱらりと広げ、厳《いか》めしい口調で言った。

「改めて、この扇子にかけて誓え。俺との約定、決して違《たが》えまいぞ」

「ち……誓い、ます」

松岡は自然と正座し、軽く頭《こうべ》を垂れて、誓約の言葉を発する。

「よし、契約は成った」

そう言うなり、司野は扇子を開いたまま、松岡のほうへ無造作に投げた。紙飛行機を空に放つような、気軽なアクションである。

「あっ！」

ビックリして扇子を掴《つか》もうとする松岡の両手を、まるで生き物のようにかいくぐり、扇子は彼女の顔面にピタリと貼り付いた。

むぐっ、という息を詰めるような声を上げたと思うと、松岡はそのまま、糸が切れたように畳に倒れ伏す。

「うわあっ、松岡さん！」

正路が駆け寄って抱き起こすと、松岡の顔から、扇子がハラリと落ちた。正路は、彼女の顔に自分の頬を近づける。

「あ、息がかかる。よかった、死んでない」

「当たり前だ。守ると約した女を、何故殺さねばならん」

「だ、だって。じゃあ、どうして松岡さんは倒れたの？」

司野は立ち上がり、身を屈《かが》めて、畳に落ちた扇子を拾い上げた。

「こ奴が、主の意識を閉じた。よほど、新たな主が気に入ったとみえる。これ以上、寿命が縮むようなものは見せず、休ませてやりたかったのだろう」

「そう、だったのか。眠らせてあげたんだね。優しいね、その扇子は」

正路はホッとして、再び座布団の上に松岡を横たえた。本当は、まだ湿ったジャケットを脱がせてやりたいが、女性の身体に無許可で触れるわけにはいかない。せめてもと、まだ使っていなかったバスタオルで彼女の身体を覆ってやってから、正路は司野に向き直った。

「っていうか、今、『寿命が縮むようなものは見せず』って言った？　いったい、何をするつもりなの？」

「俺の『顧客』を害そうとする不届き者を、必要なだけ懲らしめるだけだ」

司野は平然としてそう言ったが、正路はすぐに異を唱えた。

「だって、司野。辰冬さんから、人間を襲っちゃダメって言われてるんだろ？　それ、破っちゃいけない掟《おきて》なんじゃないの？」

すると司野は、すぐに言い返した。

「辰冬は、『人間を襲って喰《く》らってはならぬ』と言った。喰らわなければいい」

「ちょ、そんな言葉の穴を……」

「呪《しゅ》というのはそういうものだ。主の呪に抗《あらが》えば、俺の魂は雲散霧消するだろう。それほどに強力なものだが、抜け道はいくらでもある。お前のちぎれた脚を喰らっても、俺が無事だったようにな」

「そうだった。……じゃあ、まさか、食べないけど殺す、とか考えてる？」

「人間を殺せば、死体ができる。死体の処理は、この時代ではなかなかに厄介だ。それは避けたい。面倒だからな」

正路は、安堵《あんど》と感心と呆《あき》れが入り交じった複雑な面持ちで頷《うなず》いた。

「凄《すご》くわかりやすい『面倒臭い』だった。でも、安心したよ。じゃあ、どうするの？」

司野はニャッと笑い、扇子で自分の顔を扇いでみせた。

「お前、忘れたのか？　今、この女を追っている連中は、お前を轢《ひ》き逃げした奴等だぞ」

「あ。そ、そういえばそうだった。なんか、松岡さんが心配すぎて」

「意趣返しをしたいとは、思わんのか？」

正路は、そんな司野の質問に、すぐには答えなかった。

「何故、即答せん。お前を轢き逃げした挙げ句、見殺しにした連中だぞ。殺したいと思うのが普通ではないのか？」

だが、さっきの松岡のように畳の上で正座した正路は、静かに首を横に振った。

司野はむしろ訝《いぶか》しそうに眉根《まゆね》を寄せる。

「何故だ」

「司野に、会えたから」

「何だと？」

「勿論《もちろん》、轢き逃げは許せない。松岡さんを口封じのために殺そうとしたことも許せない。だけど……事故のおかげで、僕は司野に会えた」

「それがどうした」

「会えてよかったと思ってるってことだよ」

正路は、静かにそう言って、自分の胸に手を当てた。

「毎日が驚きの連続で、怖いことも確かに何度もあって、まだ理解できないことも多いけど、僕、今、生きてることが楽しいんだ。それは、この家で、司野と暮らしているから。上手《うま》く言えないけど……僕は、司野に出会えて、確実に前より幸せになってる」

「……だから、意趣返しはしないと？」

正路は、不満げな司野に、「ううん」と否定の返事をした。

「さすがに、ちょっとはしたい。それは本音。滅茶苦茶《めちゃくちゃ》反省させて、こんな犯罪は二度と繰り返さないようにさせたい。それは本気で願ってる」

「よし。ならば、お前に意趣返しの機会をやろう。この扇子も、お前に加勢するだろう。こいつとて、主《あるじ》の受けた苦痛を倍にして返したいと願っていることだしな」

正路は、ドギマギして司野と、彼の手の中にある扇子を交互に見る。

「どういうこと？　僕に……何をしろっていうの？　いくら何でも、直接対決は無理だよ？　三人がかりを相手に、勝てるわけがない」

「俺と扇子が手を貸せば、勝てる」

「……え？」

「少しばかり、辰冬仕込みの術を使うか。腕が錆《さ》び付いていなければいいが」

「術？」

「あれは、俺以上に面倒くさがりでな。俺に陰陽《おんみょう》の術を仕込んで、簡単な仕事は俺に押しつけていた」

「う、うわ……。辰冬さん、妖魔《ようま》に陰陽師のスキルを教えちゃったの？」

「そういう奴だった。正路、立て」

「え？　あ、はい」

言われたとおりに立ち上がった正路は、次の瞬間、息を詰めた。

大きく一歩、彼のほうに踏み出した司野が、いきなり正路の顎《あご》を片手できつく摑んだのである。

次の瞬間、司野の美しい顔が近づいてきたと思うと、凄《すさ》まじい勢いで唇を重ねられた。

いや、重ねるなどというのは適切な表現ではない。

まるで大きな肉の塊でも齧《かじ》るような勢いで、驚いて開けた口全体を齧られた、というのが正しい。

（な、ななな、何されてるんだ、僕!?）

世間的にはキスと呼ばれる行為かもしれないが、そんな生やさしいものではなかった。

とにかく、冷たくて、痛くて、ひたすら苦しいのである。

唇を荒々しく貪《むさぼ》られ、口の中にねじ込まれた氷の様に冷たい司野の舌が、抵抗する正路の舌を押しのけ、喉《のど》の奥まで押し入ろうとする。

いつか頭によぎった「捕食」という言葉が、再び正路の脳裏に甦《よみがえ》った。

動転しすぎて上手く息ができず、正路の視界が徐々に暗くなってくる。

（待って、苦しい。おまけに、何だか力が……抜けて……）

ガクリ、と正路の膝《ひざ》が折れた。それを合図にしたように、司野の唇がようやく正路のそれから離れた。万力のような力で正路の顎を摑んでいた手も離され、正路は呆然《ぼうぜん》として、畳の上にへたり込む。

「少し、お前の『気』が入り用だったのでな」

荒い息を吐いている正路をよそに、司野は手の甲で口元をぐいと拭《ぬぐ》うと、満足げな顔でそう言った。

「せつ、めいは……先にしてって……言ってるだろ」

正路としては、それだけ言うのがやっとである。

「僕の『気』で、何……するの？」

正路の問いかけに、司野は扇子を自分の顔の前で開き、細く長く、息を吹きかけた。

その息が、仄《ほの》かに光を放っているのに、正路は気付いた。

光の色は、金色……正路の「気」の色である。

「もしかして」

「扇子の付喪神に、お前の『気』を分け与え、命《めい》を授けた。これを持て。願えば、お前の姿を幻で覆ってくれるだろう。存分に意趣返しを楽しむがいい」

「楽しむがいいって、いったい……。あ、ありがとう」

わけがわからないまま扇子を受け取った正路は、少し考えて、それを閉じ、Tシャツの胸ポケットに差し込んだ。

決して大きくないポケットだが、扇子も短いので、落ちはしないだろうと考えたのだ。

「具体的に、どうすればいいの？」

「そのときになれば、お前にもわかる」

「うう……じゃあ、司野はどうするのさ？」

すると司野は、さっき見せた肉食獣の笑みを浮かべて言った。

「俺に策がある。そんなつもりではなかったが、ちょうどいいものの持ちあわせもあるしな」

「ちょうどいいもの？」

「まあ、楽しみにしていろ。さて、連中がまた引き返してきたようだな。そろそろ頃合いか」

正路には何も聞こえないが、司野の妖魔の耳は、遠くから戻ってくる男たちの足音を聞きつけているらしい。

「司野？」

正路の呼びかけには応《こた》えず、司野は茶の間の灯《あか》りを消した。小さな窓から街灯の光が多少入るとはいえ、一階全体が、ほぼ真っ暗になる。

その闇の中で、司野の足音が微妙に遠ざかるのを正路は感じていた。

どうやら、司野は店の中央にある通路を、入り口に向かって歩いているらしい。

南部鉄器の火箸《ひばし》が立てるお馴染《なじ》みの涼やかな音の直後、ドアノブを回す音がする。

（待って、司野、扉を開けちゃうの？）

驚く正路の耳に、木製の扉が開くときの、微《かす》かな軋《きし》み、そして、「何だぁ？」という男の声が聞こえてきた。

（あの声！）

正路は、ギョッとした。

妙に甲高く金属的な男の声に、聞き覚えがあったのである。

（あの声。轢《ひ》き逃げに遭ったとき、いったん逃げて、すぐ引き返してきて、『やべえやべえ！』って言った……車に乗ってた人の声だ）

そして、司野が開け放った扉から、三人の男が、気味悪そうにゆっくりと警戒しながら入ってきた。

街灯の光を背に受けて、三つのシルエットが正路にもハッキリ見える。

だが、扉の脇に身を潜めている司野も、暗い家の奥にいる正路も、男たちには見えないらしい。

「おい、なんかこの家、変だぞ。あだッ。なんかにぶつかった！」

「あ？　ここ、倉庫かなんかじゃね？　バカみたいに物が積みあがってんぞ」

「おー、倉庫。あの女が逃げ込むには最高じゃね？　ここじゃね？」

「勝手に扉が開いたのも、神様が招いてくれてんのかもなあ、ははは。おーい、記者の姉ちゃん！　何だっけ、ユミコちゃんだっけ？　早く出ておいで。構ってやるぜ」

「そうそう、殺す前に、三人がかりでたっぷり可愛がってやるからよぉ」

下卑た笑い声を上げる男たちは、器物に身体を打ち付けつつも、狭い通路に足を踏み入れた。

ガタン、ゴトッ、と、彼らが払いのけた器物たちが、バランスを崩して互いにぶつかったり、床に落ちたりする音が聞こえる。

「狭いな！　くそ、一列通行だな、こりゃ」

「そんな言葉ねえよ、一方通行ならあるけどな」

「おー？　そういや、一方通行を無視して走って、どっかの兄ちゃんを轢き殺した奴が、何か言ってんぞ。そういや、あんときもラッキーだったな。今度こそアウトかと思ったのに、何もしなくても、死体、どっか行っちまったもんな。事件になってねえって、嘘みたいなラッキーじゃん。犬が食ったのかな」

「えー、じゃあ、犬様様じゃん。つかさ、俺ら、神様に守られてんだよ。だから、何してもスルーでここまでやりたい放題やれてんじゃん。なー、ユミコちゃーん、俺たち、持ってる男たちだから、逃げても無駄だって。出てきなよ」

「男知らないって顔してたぜ。死ぬ前に、たっぷり教えてやんよ～」

　男たちのそんなやり取りを聞いた瞬間、正路の脳内で、何かがカチッと音を立てた気がした。

　これまでの人生で、いつも「空気」だった彼は、他人に本気で腹を立てたことがなかった。

　何か嫌なことを言われたりされたりしても、「空気」でいれば、やり過ごせる。我慢している風を見せたり、やり返したりしても、加害を好む連中を喜ばせ、勢い付かせるだけだ。

　他のいわゆる「いじめられっ子」たちを見て、正路はそれをいつしか学習していた。ただ、何ごともなかったかのようにフラットでいれば、苛《いじ》めっ子たちは面白くない番組から他の番組へチャンネルを替えるように、正路のことなど忘れ、他のターゲットに意識を向ける。

悔しさ、怒り、悲しさ……そういうネガティブな感情など持たないフリをして、ひとりぼっちで平穏無事に過ごす癖が、いつしか正路には染みついていた。

それが、何も持たない弱い者が唯一選べる生き方なのだとさえ思ってきた。

だからこそ、自身が轢き逃げ事故に遭った被害者であるという事実からもやんわり目を背け、今、幸福に暮らしているのだからそれでいいと、自分に言い聞かせてきたのである。

だが、目前の男たちの調子のいい会話を聞いたとき。

正路の胸の中に、初めて小さな火花が散った。

(許さない)

正路の命も、松岡の命も、そしておそらくは、正路の知らない他の人たちの命も、目の前の三人はガラクタかゴミのように考えているのだ。

くだらない玩具《おもちゃ》を気まぐれに拾っては少し遊んで投げ捨てるように、彼らは、他人の命を弄《もてあそ》び、そしてそれを微塵《みじん》も反省していない。

「許さない」

正路の口から、ついにそんな言葉が放たれた。その言葉に呼応するように、正路の

Tシャツのポケットの中で、小さな扇子が小刻みに揺れる。それは、付喪神の武者震いであるかのように、正路には思われた。

「おお!? 誰かいんのか？」

「ユミコちゃん、ついに観念したか。いい子だ、出てきな」

「何がいい子だ。さんざん捜したんだぜ。手間かけさせてんじゃねえよ……おっ!?」

ガタッ。

一列に並んで通路を進んでいた男たちは、弾《はじ》かれたように立ち止まった。

どこかから飛び降りるような音がして、通路の突き当たりに、ボウッと人の姿が浮かんだからだ。

「ユミコちゃーん……じゃ、ねえな。誰だ、てめえ！」

「なんで光ってんだよ、気持ち悪《わり》ぃな……って、ゲッ」

突然現れた「誰か」の正体を見定めようとした男たちは、驚きの声を上げた。

そこに立っているのは……言うまでもなく、正路だった。

ただ、その姿は、さっきまでの彼ではない。

頭から水を被《かぶ》ったように鮮血に濡《ぬ》れそぼち、服は大きくあちこちで裂け、男たちに向けて差し出した両腕は、関節以外のところであちこちが折れ曲がり、ぷらぷらとおかしな揺れ方をしている。

それはまさに、轢き逃げ事故に遭ったときの正路の姿だった。

司野の命を受け、正路の「気」を一時的に多量に与えられた扇子の付喪神が、新しい主《あるじ》を苦しめ、害を与えようとした男たちに復讐《ふくしゅう》すべく、正路の身体を幻で覆っているのである。

(うわ、この幻、僕にも見えるのか。きっついな……)

正路は、幻に包まれた自分の姿に、うっと吐き気を催した。

事故直後は、瀕死《ひんし》の状態だった上、司野に出会って色々な意味で翻弄《ほんろう》されたため、自分の体の惨状を正確にしることはできなかった。

今、付喪神が見せているこの幻影は、おそらく司野が記憶している、あの夜の正路の状態だ。

(こんな感じだったんだな。僕。自分たちがこんなにした人間を、こいつらは……笑って見捨てたんだ)

再び湧き上がった怒りを胸に、正路は男たちに向かって一歩進もうとした。だが、右脚がちぎれ、無惨に床にゴトンと倒れる。血飛沫《ちしぶき》が、辺りに散った。

「うわッ。な、なんだよ、お前」

先頭にいる男が、例の高い声で悲鳴を上げた。

(こいつ……こいつが、運転席から降りてきた奴だ。僕を轢いた奴だ)

『ボクヲ……殺シタナ』

正路の口から放たれた声は、不気味に歪《ゆが》んでいる。そんなところまで、幻覚の影響が出るのか、と内心驚きつつ、正路は左脚だけで、ぴょん、と男たちのほうへ跳んだ。

それは些《さ》細《さい》な動きだったが、男たちは浮き足だって、「嘘だろ」だの、「やめろ」だのと騒ぎながら、押し合いへし合いで後退しようとする。

『僕ヲ轢イテ、見捨テテ逃ゲタナ。ドウシテ、ソレヲ笑エルンダ』

「は!?　轢いて……？　うっそだろ。こいつ、まさか、あの消えた死体？」

「こんなとこでゾンビになってたとか、いやいや、これドッキリだろ？」

「俺らにドッキリ仕掛けてどうすんだよ。つか、こいつまさか、化け物……ッ」

『化ケ物ジャナイ。ボクハ、人間ダ。……人間ナンダ。空気ナンカジャナイ』

いったん感情を声にすると、それは次々と言葉に姿を変え、正路の口から溢《あふ》れ出す。

『僕ダッテ、イキテル。僕ニダッテ、心ガアル。僕ダッテ、嫌ダッタ、悲シカッタ、辛《つら》カッタ、腹ガ立ッタ、泣キタカッタ……』

それは男たちへの怒りというより、これまで胸の奥底に押し込めてきた感情の爆発、そして、自分に理不尽な我慢を強いてきた、自分自身への激しい怒りだったのかもしれない。

正路は、自分の言葉に驚きすら感じつつ、ぴょん、ぴょん、と男たちのほうへ少しずつ跳び、近づいていく。

右脚がちぎれたのは付喪神が見せる幻だとわかっていても、あまりにもそれがリアル過ぎて、まともに歩けるような気がしなかったのである。

「な……何言ってんだ、こいつ。全然生きてねえよ。絶対死んでるぜ、お前」

「キメェ！　ゾンビ！　ゾンビだよ！　映画かよ。つか、逃げようぜ」

「そう言うお前が早く歩けよ！」

「なんか色々転がってて、まともに歩けねえんだよ、ここ。クソッ」

焦る男たちに、更なる不運が訪れた。

仲間を邪険にされた、店じゅうの付喪神が、ざわざわと怒り始めたのである。

さまざまなものたちが、店内を飛び、通路にいる男たちにぶつかったり、頭の上から落ちてきたりする。

暗がりの中、いったいどこから何に襲われているのか分からず、男たちはたちまちパニックに陥った。

前からは、幻をまとった血みどろの正路が、一本足の奇妙な動きで、彼らにとってはわけのわからないことを言いながら迫ってくる。

入り口のほうへ逃げようとしても、器物の山が崩れ、通路がさらに狭くなって、方向転換さえ困難だ。四方八方から飛んで来る器物に悲鳴を上げつつ、どうにか後ずさる彼らの背後で、開けっぱなしだった店の扉が、バタンと閉まった。

「ヒッ」

男たちの喉《のど》が、恐怖に鳴る。

扉を背にして立っていたのは……司野だった。

「てめ……てめえ、誰だよ！　俺たちに何の恨みがあって」

いちばん後ろにいた男が、どうにか司野のほうへ身体を向け、怒声を上げた。

だが司野は、窓から僅《わず》かに差し込む外の光を身に受け、ただ静かに立っているだけだ。

（司野、いったい何をするつもりなんだろう）

男たちの視線は、司野に注がれる。正路も、真打ちと言わんばかりに姿を見せた司野に、心をざわつかせた。

「俺の下僕を、よくも辱めてくれたな。そして、俺の顧客に危害を与えようとした」

司野は、男たちを見据え、静かにそう言った。

決して声を張り上げてなどいないのに、低い声が凛《りん》と響いて、男たちの身を震わせる。

「な……何言ってんだ？」

「どけよ！　何もせずに出ていってやんよ」

「そうだよ、俺ら、お前にもゾンビにも用はねえ。関係ねえ!」

「関係ないか。そうか。脅せば罪を認めるかと思ったが、その程度の良心もないと見える。ならば……多少、『喰《く》らわせても』構うまいな」

(えっ?)

正路は、驚愕《きょうがく》して立ち竦《すく》んだ。

(司野は、辰冬さんの命令で、「人を襲って食べちゃ駄目」なのに、何言って……。いや待って、今、「喰らわせても」って言った? どういうこと?)

狼狽《ろうばい》する正路の前で、司野はゆっくりと片手を自分の腹部に当てた。

薄手のコットンシャツの上から、みぞおちの辺りをゆっくりとさする。

「おいっ! 人の話を聞いてんのかよ!」

「いいから、やっちまえよ。こいつ、背は高いけど弱っちそうだし、丸腰だぜ」

「監禁されて逃げ出しただけだからなぁ!」

そう言うと、男たちはジーンズやカーゴパンツのポケットから、折りたたみナイフを取り出した。

化け物の正路はともかく、見るからに人間の司野に対しては、刃物が役に立つと考えたのだろう。実際は逆なのだが。

どうにか通路をクリアした男たちは、ナイフを手に、ジリジリと司野を取り囲むように近づいていく。

（司野……ほんとに、どうするつもりなんだよ。妖魔《ようま》の身体って、いや、辰冬さんの「器」って、刃物で切りつけられたらどうなっちゃうんだろう。傷くらいは、きっとつくよね。ほんとに丸腰なのに、さすがに危ないよ！）

正路は、自分が血だらけの幻の姿であることを忘れ、司野に駆け寄ろうとする。

だが、そのとき、司野が短く命じた。

「出ろ」

そして、さっき正路の顎《あご》を摑《つか》んだときのように、今度は彼は自分の顎を摑み……次の瞬間、男たちの悲鳴が店内に響き渡った。

彫像の如き美しさを誇る司野の顔が、変容したのである。

形のいい下顎が、ガクンと鎖骨の高さまで落ち、上唇が大きくまくれ上がった。

恐怖に絶叫する男たちの目の前で、洞穴のように大きく開いた口の中から、漆黒の巨大な球のようなものが、巨大な口を開けて男たちに襲いかかる。

シルエットこそパックマンを思わせるユーモラスなものだが、裂けた口にはびっしりと長い牙《きば》が並んでおり、禍々《まがまが》しいことこの上ない。

「あっ！」

正路もまた、驚きの声を上げた。妖魔の口を見た途端、それに襲いかかられた恐怖の記憶が甦《よみがえ》ってくる。

それは先日、司野が正路を囮《おとり》に使って、花瓶の中からおびき出した下等妖魔だった。司野がその場でむしゃむしゃと食べてしまったはずのその妖《あやか》しが、まだ彼の体内で生き延びていたらしい。

司野に胴体を食いちぎられた妖魔は、今や頭部だけの存在になっていた。あのときは太いウナギ程度だったその頭部が、今は遥《はる》かに大きく膨れあがっている。

声にならない悲鳴を上げて逃げ惑う男たちに易々と追いつき、妖魔は、巨大な口で、男たちの頭部を順番に、ばくん、ばくん、と嚙《か》んでいった。

不思議なことに、無数の牙に嚙まれながらも、男たちの頭部や顔面は、少しも傷ついていない。だが、牙が刺さったところから、ふわりとガスのようなものが漏れ、それが妖魔の口の中にぐんぐん吸い込まれていく。

「うわ……あ」

正路は、呆然《ぼうぜん》とその光景を見ていた。

ガスを吸い取られた男たちは、目を見開いたまま、棒立ちになった。ものも言わず、ただ虚《うつ》ろな顔つきで、ゆらゆらと微妙に全身を揺らしている。

まるで、人間が植物になったようだ。

司野は満足げに頷《うなず》くと、片手を挙げた。

それを合図にしたように、妖魔はあっという間にピンポン球くらいの大きさに縮み、司野の手のひらに吸い付く。ボールよろしく妖魔を掴んだ司野は、垂れ下がっていた下顎を易々と元に戻すと、妖魔を口に入れ、ごくんと飲み下してしまった。

「し、司野、だいじょう……うわあッ」

いつしか、正路の全身を覆っていた幻は消えていた。

もう普通に歩いても大丈夫だと、今度こそ司野に駆け寄ろうとした正路は、床の器物に足を取られ、盛大に転んでしまう。

「お前は、何をしているんだ」

呆《あき》れ顔の司野に、正路は床に転がったままで問いかけた。

「ごめん、躓《つまず》いちゃった。付喪神には、あとで謝る。それより、大丈夫？　今の妖魔、この前、司野が食べたやつだよね？　まだいたの？」

司野は、さっきと同様、みぞおちのあたりを手のひらでゆっくりさすりながら頷く。

「なかなかにしぶとい奴でな。頭がいつになっても消化しきれんまま居座っていたから、使うことにした」

正路は、呆然として、司野の今はただ美しい顔を見上げる。

「まさか……今言ってた『喰らわせても』構わないって」

「ああ。俺自身が人間を襲って喰らうことはできんが、他の妖魔が勝手に人を襲うのは、俺の知ったことではない。そして、その妖魔を再び喰らうのも、俺の勝手だ。辰冬の呪《しゅ》には背いていない」

「え……えええ……。でも、さっきの黒い妖魔、そこの奴等から、『気』をガンガン吸ってたよね。それを食べ直したってことは、結局、司野が」

「俺は、そいつらに指一本触れてはいない。だろう？」

司野は涼しい顔で嘯《うそぶ》く。

「辰冬さん、司野に手を焼いただろうな……。ちょっとだけ分かる気がする」

「何か言ったか？」

「う、ううん！　何でもない！」

「ふん」

司野は、器用に散らばった器物をよけて正路の前まで来ると、片ひざをついた。そして、さっきよりはうんと軽く、今度は本当にキスと呼んでもいいくらいの柔らかさで、正路の唇を塞《ふさ》ぎ、チロリと舌先で舐《な》め、そしてあっという間に顔を離した。

「ちょ……司野！」

「口直しだ。お前の意趣返しがあまりに甘いから、手を貸してやったんだ。その程度のことはさせろ。……性根の腐った人間の『気』は澱《よど》んだ味がする。喰った妖魔ともども、消化には手を焼きそうだ」

平然とそう言って、司野は立ち上がった。

正路は、思わず自分の唇に手を当てる。まだ、司野の唇と舌の冷たさが、肌に残っているようだった。

（まったく……。外国の人じゃないんだから、こういうことは気軽にできないんだって、僕は）

文句を言いたい気持ちは大いにあったが、上手《うま》く「意趣返し」ができない正路に援護射撃をしてくれたのだと思うと、怒る気にはなれない。

しかも、目の前でユラユラするばかりの男たちのことが、さすがに不気味すぎて心配になってくる。

「司野、あの人たちは……」

「ああ、妖魔に盛大に『気』を喰われたからな。しばらくは魂が抜けたようになっているだろう」

「ええっ、だ、大丈夫なの？」

「何日か、何週間かは知らんが、そのうち戻る。とはいえ、直近の記憶は抜け落ちて戻らんだろうな。俺の腹の中にいる妖魔が、いかほど喰らったのかにもよるが、何ヶ月か、何年か……」

「あっ、つまり……僕を轢《ひ》き逃げしたことも忘れただろうし、松岡さんのことも忘れた？」

「おそらくな」

司野はあっさりと肯定した。

「じゃあ、松岡さんはもう大丈夫？」

「ああ。とはいえ、そのことはその女には言わんほうがいい。安堵《あんど》してまた無茶をしては困る」

司野の顰《しか》めっ面とは対照的に、正路の頰はようやく緩んでいく。

「そうだね。……ああ、でもよかった。その人たちも、廃人になったとかじゃなくてよかった。でも、記憶がなくなっちゃうんじゃまた懲りずに悪いことをするかな」

「いや。度を越した恐怖は、魂に深く刻み込まれる。おそらく、再び人の道に外れた悪事を働こうとすれば、記憶がなくても瞬時に今夜の恐怖が甦り、身動きすらかなわなくなるだろうよ。今のようにな」

そう言いながら、司野は再び扉を開き、「出ろ」と男たちに命じた。

彼らの手から、ボトボトとナイフが床に落ちる。

そのまま彼らは、先刻、自分たちが正路を詰《なじ》るのに口走った「ゾンビ」そのもののようになって、ゆらゆらと上半身を揺らしながら、おぼつかない足取りで表へ出て行く。

「ほ……本当に大丈夫かな」

「あいつらを案じるとは、お前は本当にお人好《ひとよ》しだな。あそこまでの状態は、せいぜい朝までだろう。夜が明ける頃には、自分たちが何故ここにいて、何をしているのか、さっぱりわからないまま正気に返る」

「重ね重ね、よかった……」

正路は、ほっと安堵の息を吐く。

扉を閉め、錠を下ろした司野は、そんな正路を呆れ顔で見た。

「それより、お前はいつまでへたり込んでいるんだ。さっさと立て」

しかし、正路は情けない顔で首を横に振った。

「ごめん、司野。さっき転んだとき、本当に右の足首を捻《ひね》っちゃったみたい。幻みたいに、もげてはいないけど」

「見せてみろ」

司野は正路の前に片ひざを突くと、へたり込んだままの正路の足を靴の上からむんずと掴《つか》んだ。そのまま、足首を色々な方向にぐいぐい曲げる。たちまち正路は悲鳴を上げた。

「痛ッ！　ちょっと司野、勘弁して。凄《すご》く痛いよ」

「ふむ」

こちらはこともなげに小さく頷くと、司野は正路のカーゴパンツの裾《すそ》を荒っぽく上げた。

「折れてはいないようだな。だが、腫《は》れてきている。筋《すじ》を傷めたか」

「た……たぶん。軽い捻挫《ねんざ》だと思う」

正路は、縋《すが》るように司野を見た。

轢き逃げ事故に遭ったときは、正路のちぎれた脚をもりもり食べたあと、ほぼ元どおりの状態に戻してくれた司野である。

厚かましいとは思いつつも、捻挫くらいは朝飯前で治してくれるのではないかと正路が期待するのも当然のことだ。

しかし司野は、さも当然といった様子で、片ひざ突きのまま、正路に背中を向けた。

「仕方がない、茶の間まで負ぶってやる」

「へ？」

当てが外れて、正路は間の抜けた声を上げてしまった。

「あの、ええと、捻挫は……もしかして、治せない、とか？」

すると司野は、不愉快そうに言った。

「ちぎれた脚なら、繋《つな》いで欠けたところを適当に埋めればいいだけだが、切れたわけでもない、ただ微妙に傷めただけの筋を治せと言われても、かえって厄介だ」

「そういうもの？」

「喰《く》ってしまった菓子を返せと言われたら新たに買ってくればいいが、一口齧《かじ》った菓子を元に戻せと言われても難しいだろう。同じことだ」

「同じことかなあ」

「いいから、早くしろ。それとも、歩けるようになるまで、そこに蹲《うずくま》っているつもりか？　それがたっての望みだと言うなら、尊重してやらんでもないが」

苛立《いらだ》った口調で急《せ》かされ、正路は慌てて、無事な左足に体重を掛け、両手を床について身体を支えながら腰を上げた。そして、司野の広い肩に手を置き、おっかなびっくりで寄りかかる。

「早くしろというのに」

　モタモタした正路の動きに焦《じ》れた司野は、まるで空っぽのリュックサックを背負ったような身軽さで、いきなり立ち上がった。

「わあっ」

　不安定な体勢のままで負ぶわれた正路は、驚いて司野の首筋にギュッと抱きつき、どうにか落下を免れる。次いで、司野の両手が正路の太股《ふともも》の裏側に回され、正路の身体をしっかりホールドした。

「行くぞ」

一声かけて、司野は歩き始めた。床に転がった器物が、司野の活躍を讃《たた》えるように、僅《わず》かに動いて意思表示をするのが見える。

「ごめん、みんな、ごめんね。歩けるようになったら、ちゃんと掃除して片付けるからね」

正路は、司野の背中から、迷惑をかけた器物たちに謝った。

(それにしても、おんぶって、こんな感じだっけ)

司野が歩を進めるたびに、けっこうな衝撃が正路に伝わる。

誰かに背負ってもらうなど、幼い頃、父にそうしてもらって以来のことで、その頃はどんな風だったか、正路は少しも思い出せない。

(けっこう捻挫した足首にも響くけど、歩くよりはずっとマシだ。ありがたいな。砂漠でラクダに乗ったら、こんな感じなのかな)

正路がそんな無邪気な空想を繰り広げているあいだにも、司野はずんずん歩き、短い階段を上がって茶の間に入る。

座布団の上に、存外優しく下ろされて、正路はホッとして司野に礼を言った。

「ありがとう。ねえ、司野。事故現場から僕を連れて帰ってくれたときも、今みたいな感じだった?」

正路としてはしみじみと出会いの夜を振り返る、いささかセンチメンタルな質問だったのだが、肩越しに返ってきたのは、実に現実的な言葉だった。

「あのときは、厄介だったな。家でお前の身体を繕うために、忘れず持ち帰らねばならん部品が色々と落ちていたから、お前の服をむしり取り、それに包んでお前の首に結わえつけた。お前自身は、肩に担ぎ上げたり、小脇に抱えたりして……」

淡々と語られるがゆえに、その光景がむしろリアルに想像されて、正路はグッタリして司野のうなじに額を押し当てる。

「うう、その際はたいへんお世話になりました。っていうか、部品って。そういえば、さっき、扇子が見せてくれた幻、本当に、事故の直後の僕って、あんな感じだったんだね」

正路の言葉に、畳の上に胡座《あぐら》をかいた司野は、曖昧《あいまい》に頷《うなず》いた。

「まあ、おおむねそうだな」

「ん？　おおむねって？」

「多少、血糊《ちのり》は増やした」

「……盛ったってこと？」

「そのほうが、見栄えがするだろう」

平然と嘯《うそぶ》く司野に、正路は啞然《あぜん》としていたが、やがて、ある疑問が頭をもたげる。

「あのさ、司野。細かいことだけど」

「今度は何だ?」

面倒臭そうな「ご主人様」に、正路は遠慮がちに、しかし単刀直入に切り込んだ。

「司野はさあ、あの事故のとき、僕の血を飲み干して、舐《な》め尽くしたって言った気がするんだけど」

「それがどうした?」

「僕が轢《ひ》き逃げされた事故現場、血だまりがあったって話だったよね。そこは……飲み干さなかったんだ?」

すると司野は、酷《ひど》い顰《しか》めっ面になって、正路の額を指でピンと弾《はじ》いた。それはごく軽いアクションだったが、正路は突然走った強烈な痛みに、両手で額を押さえ、涙目で抗議する。

「痛ッ! 痛いよ、司野。酷いな」

「主《あるじ》に無礼なことを言うからだ。お前、俺に這《は》いつくばって、地面に滴り落ちた己の血を舐めろと言うつもりか」

「あ、いや、そういうわけじゃないんだけど、でもこう、落ちた脚は拾ってそのまま齧ってたなあ、とか」

「それはそれ、これはこれだ」

まるで人間のように堂々と誤魔化《ごまか》して、司野は座布団の上で安らかな寝息を立てる松岡由美子を見やった。

「いちばんの当事者は、呑気《のんき》なものだな」

正路も、起きているときより無防備な松岡の寝顔に、ニッコリした。

「扇子が大好きで、守りたいと思ってるご主人様なんだもの。怖いものなんて、見なくてよかったよ。そうだよね？」

正路がTシャツの胸ポケットから抜き出した扇子に語りかけると、扇子はフルリと震えてみせる。どうやら、正路の言葉に同意したらしい。

「一緒に『意趣返し』をしてくれてありがとう。これからも、松岡さんを守ってあげてね」

そう言って、正路は、バスタオルからはみ出た松岡の左手に、そっと扇子をあてがった。

微《かす》かな触感に、松岡は低く唸《うな》ると、眠ったまま扇子をしっかりと握り締める。

「一件落着、かな。松岡さん、朝まで寝ていくだろうか」

「おそらくな。そのまま寝かせておこう。お前も、今夜は俺の部屋で眠れ。二階まで運ぶのが面倒だ」

そう言って、司野は再び正路に背を向ける。

「うう、返す返す、お世話になります」

正路は恐縮しつつ、それでもどこか温かく、嬉《うれ》しい気持ちで、司野の背に負ぶわれた……。

翌朝、「忘暁堂」の茶の間には、松岡由美子の驚きの声が響いた。

「嘘でしょ。こんなに美味《おい》しい朝ごはん、足達君は毎朝食べてるの？」

正路は、頭を掻《か》いて「はい」と頷いた。

結局、朝までグッスリ熟睡した松岡は、早朝から風呂《ふろ》を使い、ようやく湿った服を脱いで、正路のジャージとTシャツを借りて着込んだ。

そして、司野や正路と共に、朝食の膳《ぜん》についたというわけである。

今朝の献立は、ほうれん草のおひたしと、常備菜のレンコンのきんぴら、それに司野が先日取り寄せ、日々、時間経過を楽しみながら二人で食べ続けているさわらの西京漬け、トマトとオクラの味噌汁《みそしる》、昨夜の残りご飯で作った塩むすびだった。

「まるで旅館のごはんみたい。辰巳さん、本当にお料理が上手なんですね」

松岡の絶賛の言葉にも、司野は特に喜びもせず、ムスッとした顔で味噌汁を啜《すす》るばかりだ。

「いいなあ、足達君。私もまた、こんな朝ごはん、ご馳走《ちそう》になりたい……けど」

松岡は箸《はし》を置くと、真顔になって、司野と正路に深々と頭を下げた。

「昨夜、私、何故か寝ちゃってたみたいで。ほんと、どうかしてました。申し訳なかったです。とにかく、私を追ってきた連中を辰巳さんが撃退してくださったって、足達君から聞きました。改めて、ありがとうございました」

それにも、司野は反応を示さない。

たまりかねて、正路は司野に目配せした。

「司野。一言くらい」

「俺たちではない」

「えっ？」

ボソリと放たれた司野の言葉に、松岡も正路も、つい驚きの声を出してしまう。

司野は木製の椀《わん》をちゃぶ台に戻し、箸を置くと、松岡を見て言った。

「俺と正路は、お前の扇子に助力しただけだ」

司野の言いたいことを理解して、正路は顔をほころばせ、同意する。

「そっか。そうでした。主役は、扇子ですよね。松岡さんのことが大好きで、松岡さんとずーっと一緒にいたい扇子が、戦ってくれたんですよ」

「……扇子が？　戦う？　そういえば、目が覚めたとき、私、この扇子を握り締めてて。何だか不思議だけど、それが凄《すご》く心強かった」

松岡の言葉に、司野は素っ気なく応じた。

「そういうことだ。俺との誓いは覚えているな？　お前は、その扇子にかけて……」

「覚えています。扇子を一生大事にする、轢き逃げ事件の調査は諦《あきら》める、この店には……二度とこない。最後の条件は寂しいけど、あんなにご迷惑をおかけしたんだから、当然です。記事にもしません。お約束します」

「よかろう。決して忘れるなよ。俺との誓いは、お前が思っている以上に重いぞ」

　よもや、妖魔《ようま》と誓約を交わしたなどとは夢にも思っていないだろうが、それでも司野が醸し出すどこか物騒な雰囲気を感じとったのか、松岡は神妙な顔で頷く。

「ならばいい。早く食って出ていけ」

　ぶっきらぼうにそう言った後、司野はどうでもよさそうに付け足す。

「握り飯と味噌汁のお代わりは、台所にある。自分で取りに行け」

「ふッ」

　正路は、思わず小さく噴き出してしまった。

（冷たいんだか優しいんだか、わかんないなあ、司野は）

「何だ？」

「な、何でもない。僕もお代わりしようかなって」

「好きにしろ」

　司野は不機嫌極まりない顔で言い放ち、昨夜と同じように、シャツの上からみぞおちをさする。どうやら、例の黒々した妖魔も、妖魔が呑《の》み込んだ三人分の「気」も、まだしばらく消化されそうにないらしい。

（胃薬……は、効かないんだろうな。妖魔の食事も、大変だ）

正路は、そんなご主人様を、気の毒そうに見やった。

食後、どうにか着られる程度まで乾かし、汚れを落としたスーツを着込んで、松岡は司野と正路に別れを告げた。

挨拶《あいさつ》をしない妖魔は、茶の間で朝刊を広げ、松岡を一瞥《いちべつ》すらしなかったが、正路は彼女を店の外まで送って出た。

幸い、昨夜負った右足の捻挫《ねんざ》は、目覚めてみると、歩くと少し痛い程度まで回復していた。おそらく、眠っている間に、司野が少し治癒を試みてくれたのだろうと正路は思ったが、問えば否定されそうなので、気付かないふりをすることにする。

「じゃあ、本当にありがとう。辰巳さんにも、よろしくお伝えください」

松岡は、店の外に出てからも、正路に懇ろに礼を言った。正路は、笑顔で両手を振る。

「いえ、ほんとに今回のことは、扇子のお手柄なので。……でも本当に気をつけて取材をしてくださいね」

　正路の心のこもった言葉に、松岡は笑顔で頷《うなず》いた。そして、正路の耳元に口を寄せ、小さな声で囁《ささや》く。

「あのね、昨夜……本当は、途中で目を覚ましたの。辰巳さんの口から、何だか恐ろしいものが出てきて……」

「！」

　正路はギョッとして軽くのけぞる。

（見られた……！）

　どうしよう、どうしたらいいだろう、と正路はあからさまに動揺する。

　だが、松岡は笑顔のままで言った。

「あれが何だったのか、追っかけたい気持ちはあるけど、諦める。私、きっと変な夢を見ていたのよね」

「……松岡さん」

「辰巳さんは不思議な人だけど、きっと根は優しいんだと思う。足達君、いい人のところで働いてるわね」

「はいっ」

　正路はホッとして、元気よく同意する。

「元気でね。私も、大事な扇子と一緒に頑張る。……約束は、きっと守る。だから、二度と会えないけど……でも、いつか、偶然にすれ違えたら、ウィンクだけはさせて。声はかけないから」

そう言って、松岡は一歩下がった。そして、小さく手を振る。

「僕はウィンクができないので……」

「じゃあ、瞬《まばた》き。大きな瞬きを二回ちょうだい。楽しみにしてるわ。きっと、私たちはすれ違う。だって、絡んだ糸は、簡単にはほどけない、んでしょ？　またね、足達君！」

「はい、また！」

何度も振り返り、今度は大きく手を振りながら、松岡は通りの向こうへ去っていく。

「お元気で」

見えなくなる寸前の小さな背中にそう声をかけ、正路は、大きく伸びをして、朝の清浄な空気を胸いっぱいに吸い込んだ。

空は久しぶりに晴れ渡り、今日は暑くなりそうだ。

「予備校へ行く前に、床の器物を片付けてあげなきゃ」

そう言って、よし、と自分自身に気合いを入れると、正路は軽い足取りで家の中へ入っていった……。

エピローグ

いつものように予備校から帰宅した正路は、「忘暁堂」の扉が施錠されているのに気づき、小さな声を上げた。

「あれっ」

「司野、出掛けてるのかな」

今朝、朝食を共に摂《と》ったときには、特に外出の予定などは聞かなかったが、そもそも司野はいわゆる社会人の「ほうれんそう」こと「報告・連絡・相談」など、まったく気にかけない。

こんな風に、「帰宅してみたらいなかった」ということは、そう珍しくはないのだ。

しかし今日は、扉に「営業中」の札を掛けたままになっている。急に思い立って、あるいは急ぎのアポイントメントが入って、予定外に出掛けることになったのかもしれない。

「仕入れかな。えっと、鍵《かぎ》は……」

ショルダーバッグの中を探ろうとした正路は、ふと、店の隣に立つ建物に目を留めた。

司野と正路が暮らす「忘暁堂」は、住宅街のただ中にあるのだが、店の両隣は住宅ではない。片や小さな月極駐車場、もう一方は、平屋建てではあるが、とても天井の高い倉庫である。

その倉庫の通りに面した側にあるシャッターが、今日は少しだけ上げられていた。

（ここが開いてるの、初めて見た。何が入ってるんだろう）

正路は軽く身を屈《かが》めてみたが、灯《あか》りが点《つ》いていないので、暗い倉庫の中を見通すことはできなかった。

ただ、シャッターに近いところに、バケツや脚立などが置かれているのが見えるだけだ。

（作業小屋か何かなのかな）

正路がぼんやり眺めていると、倉庫の中から小柄な年配の男性がシャッターを潜って出てきた。半袖《はんそで》の開襟シャツとズボン、それにパナマ帽という、クラシックだがこなれたお洒落《しゃれ》をしている。

正路と目が合うなり、男性は「おっ」と声を出し、帽子をすぐに取った。

「こりゃどうも、こんにちは」

先に挨拶され、正路は慌ててペコリと頭を下げた。

「こんにちは！」

内気な正路だが、居酒屋アルバイト時代の癖というよりもはや条件反射で、挨拶のときだけは大きな声が出る。

男性は、正路の顔を興味津々で見ながら歩み寄ってきた。

「初めて見る顔だねえ。大造さんのお孫さんか何かかね？」

正路は慌てて否定する。

「あっ、いえ。僕はここの……ええと、住み込み店員、です」

「ほおお、『忘暁堂』さんも代替わりして、頑張っとるんだねえ。住み込み店員を雇う余裕が……あっ、こりゃ失敬。商売繁盛、大いに結構」

ははは と笑って帽子を頭の上に戻すと、男性はよく日焼けした自分の顔を指さした。

「僕はねえ、この裏手の酒屋さんの隣に住んでる金谷《かなや》ってもんで、今年は町内会の会計をやってるんだよ。先代の大造さんには、よくしていただいてねえ」

「あっ、町内会の役員さん。失礼しました。僕は、足達と申します」

礼儀正しく名乗る正路に、男性……金谷は相好を崩した。

「足達君か。どうもどうも。街に若い子が増えるのはいいことだねえ。長くここにいてくれるといいんだけど。秋まではいるかい？」

そんな質問をされて、正路はキョトンとしてしまった。

「秋まで、ですか？　はい、おそらく」

下僕なので、ご主人様の司野に追い出されない限りはいます……などと正直に答えるわけにはいかず、曖昧《あいまい》な答え方になってしまったが、金谷は嬉《うれ》しそうに、身長のわりに大きな手を叩《たた》いた。

「そりゃいい。じゃあ、是非とも辰巳さんと一緒に、秋の祭りに参加してもらいたいね」

金谷の言葉に、正路はビックリして目をパチパチさせた。

「お祭り？　この町内、秋にお祭りがあるんですか？　しかも、司野……あ、いや、辰巳さん、が、お祭りに参加を？　本当ですか？」

あの愛想のない、日頃は寡黙な司野が地域のお祭りに参加するなどとにわかには信じられず、正路はつい語尾を上げまくってしまった。そんな正路の動揺ぶりに、金谷はむしろ不思議そうな顔で頷《うなず》く。

「うん、最初は大造さんの誘いでねえ。どうにも気乗りしない様子だったし、こっちもあんなムスッとした色男が来ちゃ落ち着かないとか失礼なことを思ってたんだけど、あの人、ああ見えて驚くほど力持ちでしょ。山車《だし》を引くのに大活躍してくれてね」

「……ああ！」

正路は思わず手を打った。

なるほど、いくら亡き主《あるじ》の辰冬に力を削《そ》がれたといっても、司野の身体能力は高い。日頃から、重い骨董《こっとう》品を軽々と移動させているのを目の当たりにしている正路には、十分に理解できる話だった。

「でも、山車？　この町には、山車があるんですか？」

「あるよ、ここに。知らなかったのかい」

「これ、山車の倉庫だったんですか！　知りませんでした。道理で天井が高いわけだ」

「そうそう、山車蔵《やまぐら》っていうんだよ。せっかくだから、ちょいと覗《のぞ》くかい？　今は、秋に向けて整備中だから、丸裸で可哀想な姿だけど」

そう言うと、金谷はシャッターを中央あたりまで開けた。今度は午後の光が倉庫の中まで差して、中に入っている山車の前面が見えるようになる。

金谷が言ったとおり、装飾がほとんど取り外されているせいもあるのだろうが、どこもかしこも古めかしい、しかし重厚な木組みの小振りな山車だ。

「この山車、実は中古なんだけどね。みんなでお金を出し合って、二十年前に買ったんだよ。『忘暁堂』の先代の大造さんが、古物商の人脈を使っていい出物を見つけてくれてね。値段の交渉もしてくれてさ。ありゃ助かったなあ」

「そんなご縁がある山車なんですか！」

　意外な話に驚く正路に、金谷は少し自慢げに自分の胸元を指さした。

「そうそう。僕は指物師なんで、山車の装飾を担当してね。今日も、仕事の合間に、修繕する箇所の採寸に来たってわけだ。ちょうど引き上げるところで、あんたに出くわしたってわけ」

「なるほど」

「ほかにも、佐官やら畳職人やら呉服屋やら提灯《ちょうちん》屋やら、みんな、得意分野で力を合わせて、修理したり新しく部品を作ったり飾り付けたり、山車を一生懸命盛り立ててるんだよ。お祭り当日には、見違えるほど立派になるからね」

　ニコニコして、金谷はそんなことを言った。

　山車に対する愛着とプロフェッショナルとしての誇りがありありと感じられて、正路は、初対面の金谷に好感を抱いた。

「お祭り、楽しみです」

　気の利いた言葉が思いつけず、どうにかそれだけ言った正路に、金谷は顔をクシャッとさせて嬉しそうに笑い、正路の背中を軽く手のひらで叩いた。

「うん、楽しみにしててほしいよ。で、重ねて言うけど、今年はあんたも辰巳さんと一緒に祭りに参加してくれたら嬉しいねえ。頼んだよ」

　金谷はそんな言葉で会話を締め括《くく》り、正路に懇ろに別れを告げると、倉庫のシャッターをきっちり閉めて去っていった。

「……ってことがあったんだよ。僕、お隣の倉庫に入ってるのが山車だったなんて、知らなかった」

その日の夕方、帰ってきた司野のためにお茶を煎《い》れつつ、正路は金谷とのやり取りを語って聞かせた。

やはり品物の仕入れが外出の目的だったらしく、司野は持ち帰った品物をちゃぶ台に並べている。相づち一つ打たないが、聞いてくれていると信じて、正路は台所から問いかけてみた。

「司野、秋のお祭りに参加して、山車を引くんだって？　お祭り好きだなんて意外だったな。金谷さんから聞いて、ビックリしちゃったよ」

すると司野は、鎖つきの古そうな懐中時計を袋から取り出し、検分しながら、面白くもなさそうにボソリと答えた。

「確かに毎年参加してはいるが、一度たりとも、祭りが好きだと言った覚えはないぞ。お前、何を勘違いしているんだ？」

やはり聞いていたことにホッとして、正路は少し冷ました湯を急須《きゅうす》に注ぎ、湯呑《ゆの》みと共にちゃぶ台に運んだ。

「でも、毎年、参加してるんだろ？　いくら大造さんに頼まれたからって、嫌ならずっとは続けないんじゃない？」

すると司野は懐中時計から手を離し、ふんと鼻を鳴らした。

「お前はまさか、俺が山車を引いてはしゃいでいたとでも思ったのか？」

「違うの？」

「違う。俺は、山車を引きながら、合法的に飯を食っていただけだ」

思いがけない司野の返事に、正路は茶を二つの湯呑みに注ぎ分けながら首を傾げた。

「合法的に食事を？　どういうこと？」

すると司野は、常識を語る口調で答えた。

「祭りというのは、人間の心を無闇やたらに高揚させるものだ」

「それは確かに。色んな出し物は楽しいし、露店だって出るだろうし、何かと盛り上がるもんね。お囃子《はやし》を聴くと、僕だって気持ちがウキウキするもん。司野だって、お祭りは楽しいでしょ？」

正路の受け答えに、司野は口をへの字に曲げる。

「楽しいなどというのは、人間どもが勝手に感じることだ。俺には関係ない」

「それは、そういうものかもだけど」

司野の態度に困惑する正路をよそに、司野は面白くもなさそうな顔でこう言った。

「祭りで盛り上がった人間どもは、頼みもしないのに余剰の『気』を辺りにまき散らす。それを根こそぎ平らげるのが、俺の年に一度の楽しみなんだ。特に子供らの『気』を堂々と味わえるのは、祭りのときくらいのものだからな」

あまりにも司野らしい祭りの「楽しみ方」に、正路は呆《あき》れて笑い出してしまう。

「なんだ、そういうことか！　辰冬さんのルールでは、人間を襲って奪うのはダメだけど、ただ余ってる『気』を貰《もら》うのはＯＫなんだね？　そうか、司野にとっては、お祭りは人間の『気』バイキングみたいなものなんだ」

「まあ、そういうことだ。もっとも今はお前がいるから、そこまで人間の『気』には不自由しなくなったが」

そこで言葉を切り、司野は正路がお茶請けにと出した最中をヒョイと摘《つ》まむと、がぶりと半分ほどを一口で頬張った。

人間の食べ物はしょせんおやつ程度にしかならないと普段から言う司野だが、正路が見たところ、なかなかの甘党らしい。しかも必ずお茶を飲む前に甘味を口にする。

どうやら、先代店主の妻、ヨリ子さんには茶道の心得があったようで、夫や司野をときおり稽古《けいこ》の相手にしていたそうだ。

まず茶菓子、そしてお茶という順序は、おそらく茶道の作法に従っているのだろう。

(司野、そういうところは本当にきっちりしてるなあ)

感心しつつ、正路は自分も粒あんがぎっしり挟まった小判形の最中を取り、端っこを齧《かじ》ってみた。さくっとした皮と、ねっちりしたあんこの食感のコントラストが快い。

「じゃあ、司野、もしかして、今年のお祭りは不参加の予定？　金谷さん、司野プラス僕にもお祭りに参加してほしいって言ってたよ」

心配そうに問う正路に、司野はもごもごと最中の残りの半分を咀嚼《そしゃく》しながら、やや不明瞭《ふめいりょう》に「いや」と言った。

正路は意外そうに首を傾げる。

「その『いや』は、不参加に対してだから……つまり、参加するって意味だよね？　でも、僕がいるから、人間の『気』には不自由しなくなったって言ったじゃないか。もう、わざわざお祭りに『気』を食べに行かなくてもいいんじゃないの？」

すると司野は、熱いお茶を吹き冷ましもせず無造作に一口飲んで答えた。

「人間の『気』は、あればあるほど俺の力になる。そもそも、その程度の『気』では、多すぎて持て余すというほどの量でもなかろう」

「なかろうって、妖魔《ようま》のお腹いっぱい感覚、僕にはちょっとわからないよ。でも、そっか。じゃあ、今年は司野と一緒にお祭りに出られるんだね！」

正路は、十代めいた幼さの残る顔をほころばせる。むしろ今度は司野が、切れ長の目を細めて訝《いぶか》る番だった。

「何故、そうも喜ぶ。お前こそ、そんなに山車《だし》を引きたいのか？」

　正路は、照れ臭そうに、しかし正直に頷《うなず》く。

「僕の地元にはそんなに大がかりなお祭りはなかったから、山車なんて引いたことがないんだよ。司野と一緒なら、死ぬほど恥ずかしくはないだろうし」

「何故、そこで恥じらう必要がある」

「理由は説明しにくいけど……人前で何かするって、僕はそれだけで恥ずかしいよ。まして自分からイベントに参加するとか、なかなか言い出せない」

「ややこしい奴だ。人間は、千年観察してもさっぱりわからん。それはそうと」

　司野は、一口飲んだだけの湯呑みを、正路のほうへぐいと押しやった。

「茶が薄いぞ、下僕」

「あっ」

　正路はたちまち表情を変え、立ち上がった。

「ごめん。つい、一人暮らしのときの癖で、お茶っ葉をケチっちゃうんだ。煎れ直すね」

　大慌てで湯呑みと急須を盆に集める正路に、司野は特に腹を立ててはいない、むしろ淡々とした声音で言った。

「ことわざに『過ぎたるは猶《なお》及ばざるがごとし』とあるが、茶に関してはあてはまらんぞ。濃すぎれば、薄めればいいだけのことだ。だが、薄すぎる茶を濃くすることはできん。中途半端にケチった茶葉が、結局すべて無駄になる」

　台所へ行こうとしていた正路は、ギクリとして立ち止まり、振り返る。

（ヤバい。僕、急須に茶葉をちょっと足して煎れ直そうとしてた）

「あのさ、司野」

「何だ？」

「ついさっき、『人間は、千年観察してもさっぱりわからん』って言ってたけど、全然そんなことないじゃないか。僕がやろうとしてたこと、全部お見通しだよね？」

　正路の指摘に、司野はもう一つ最中を頬張りながら、ボソリと言った。

「人間のことは知らん。俺のことだ」

「はい？」

「辰冬に麦湯を所望されるたび、適当に炒《い》り麦を湯に放り込んでは、よく薄すぎて味がないと叱られた。大抵のことには大雑把なくせに、飲み食いするものの味にはうるさい男だった。そのとき、煩わしいほど繰り返された文句だ。『濃い茶は薄めればよいが、薄い茶を濃くすることはどんな術者にもかなわぬよ』とな」

「……ああ！」

「そして、沸かし直した麦湯に炒り麦を足して、また叱られた。『それでは旨《うま》い麦湯にはならぬ。お前は結局、最初に使った麦と足した麦、両方を無駄にしたのだよ』と。煩わしい小言だったが、今にして思えば真理ではある。最初から適量を見定めることは、何においても肝要だ」

司野の話を聞くうち、正路の焦っていた顔には、素朴な笑みが戻ってくる。

（そっか。あのお小言は、ご主人様の受け売りだったんだ。そして……昔の司野は、僕と同じことをしてたんだな）

いつか夢で見た粗暴な駄々っ子が、千年の長い年月を経て今の落ち着き払った、聡《そう》明《めい》で冷静、そして強い司野になったのだと思うと、正路の胸には、今の彼に対する敬意と共に、温かい親近感が湧き上がる。

「何をにやついている。そんなところに突っ立っていないで、早くしろ」

「はあい」

今度はのんびりした返事をして、正路は台所へ行った。

新たに湯を沸かしながら、急須《きゅうす》を洗い、今度はきちんと茶さじで量って茶葉を入れ直す。

そんな丁寧な作業をする間にも、正路の柔らかそうな頬からは、笑みが消えることはなかった。

チラと見ると、司野は二つ目の最中をペロリと平らげ、ちゃぶ台の上に落ちた皮の小さな欠片《かけら》を丹念に手のひらに集めて屑籠《くずかご》に捨てている。

　そうした妖魔とは思えない細やかな、そしてどこか所帯じみた仕草を、司野はときおり見せる。それもまた、亡き「ご主人様」がしていたことなのだろう。

（司野、辰冬さんに大事にされてたんだろうな。どうしてそれが、壺《つぼ》に閉じこめられるなんて結末になったのか、僕にはわからないけど。でもそのとき司野が、凄《すご》く傷ついただろうなってことはわかる）

　誇り高い司野は、決して「傷ついた」などとは認めないだろうし、正路がそんな推測をしたと知ったら激怒するだろう。それでも、司野が辰冬のことを語るときの懐かしそうな、どこか痛みをこらえるような表情から、自然と伝わってしまう真実はあるものだ。

　主《あるじ》に手《て》酷《ひど》い裏切りを受けたにもかかわらず、生き延びるためとはいえなお人間に紛れ、人間と共存し、そして人間の自分を下僕として手元に置く司野は、まだ心のどこかで、人間を信じたいと思っているのかもしれない。正路はそう思った。

（僕は決して、司野の下僕になりたいと願ってなったわけじゃないけど……。そして司野はやっぱり人間じゃなくて妖魔なんだって時々思い知って、そのときは凄く怖いけど、でも僕は）

　シュンシュンと、鉄瓶が涼やかな音を立てて湯が沸いたことを知らせる。

沸騰した湯をまずは湯呑《ゆの》みに入れ、それを急須に移すという茶の煎《い》れ方も、ここに来て司野に教わったやり方だ。

（僕は、もう色んなものを司野に貰った。いつまで司野が僕を下僕にしておくつもりかはわからないけど……そして、司野みたいに立派に成長することはできないだろうけど、少しでも、司野にお返しできることがあったらいいな。いや、見つけなきゃ）

「まずは、美味《おい》しいお茶からだ」

小さなことからこつこつと、とどこかのコメディアンが言っていた台詞《せりふ》を口の中で呟《つぶや》き、正路は二つの湯呑みに、几帳面《きちょうめん》に煎茶《せんちゃ》を注ぎ分け始めた……。

本書は、二〇〇三年六月にイースト・プレス アズ・ノベルズより刊行された『妖魔なオレ様と下僕な僕2』を全面改稿し、改題して文庫化したものです。

妖魔《ようま》と下僕《げぼく》の契約条件《けいやくじょうけん》 2

椹野道流《ふしのみちる》

令和3年 8月25日 初版発行

発行者●堀内大示

発行●株式会社KADOKAWA
〒102-8177 東京都千代田区富士見2-13-3
電話 0570-002-301(ナビダイヤル)

角川文庫 22785

印刷所●株式会社暁印刷
製本所●本間製本株式会社

表紙画●和田三造

◎本書の無断複製(コピー、スキャン、デジタル化等)並びに無断複製物の譲渡および配信は、著作権法上での例外を除き禁じられています。また、本書を代行業者等の第三者に依頼して複製する行為は、たとえ個人や家庭内での利用であっても一切認められておりません。
◎定価はカバーに表示してあります。

●お問い合わせ
https://www.kadokawa.co.jp/ (「お問い合わせ」へお進みください)
※内容によっては、お答えできない場合があります。
※サポートは日本国内のみとさせていただきます。
※Japanese text only

©Michiru Fushino 2003, 2021 Printed in Japan
ISBN 978-4-04-111066-9 C0193

◇◇◇